그렇다고
회사를

때려치울 순
없잖아

그렇다고 회사를
때려치울 순 없잖아

초판 1쇄 인쇄 2022년 7월 20일
초판 1쇄 발행 2022년 7월 29일

지은이 | 오수정
펴낸이 | 임종관
펴낸곳 | 미래북
편   집 | 정광회
본문 디자인 | 디자인 [연:우]
등록 | 제 302-2003-000026호
본사 | 서울특별시 용산구 효창원로 64길 43-6 (효창동 4층)
영업부 | 경기도 고양시 덕양구 삼원로73 고양원흥 한일 윈스타 1405호
전화 031)964-1227(대) | 팩스 031)964-1228
이메일 miraebook@hotmail.com

ISBN 979-11-92073-13-2   (03800)

오늘도 고달픈
직장인 공감 에세이

그렇다고
회사를

때려치울 순
없잖아

오수정 지음

MIRAE
BOOK

지방대 출신
문과라서 죄송한
회사에 가까스로 들어간

서울 한구석에서 6년째 자취 중인
술은 잘 못하지만 커피 없이는 못 사는
이제 막 대리를 단

회사에서 대단히 잘나갈 능력은 없고
딱 평균만 하고 싶은
김광석의 '서른 즈음에'에 이제는 공감이 가는

회사 가기가 세상에서 제일 싫다가도

그래도 먹여 살려주는 회사에 종종 감사하는
이제야 조금 철이 들었나 싶은
6년 차 직장인.

'취업'이라는 한 가지 절박한 소원으로, 길고 긴 터널을 버텼다.
가까스로 취업에 성공했는데(심지어 내 스펙으로 합격하기 어려운 회사
에!) 왜 내 삶, 내 마음은 바라던 것처럼 만족스럽지가 않을까.

회사에서 내가 1인분은 하나?
나만 회사에서 뒤처지고 있는 건 아닐까?
저 사람은 왜 나만 미워할까?
나랑 이 회사랑 잘 안 맞는 것 같은데?
그렇다고 당장 때려치울 수도 없는데?
하, 언제까지 이 상태 그대로 살아도 될까?
어른이 된 지 한참인데, 난 언제 어른이 될까?

모든 것이 그럭저럭 잘 이뤄졌는데 이대로는 안 된다는, 이 불안
한 마음은 뭐지? '최악의 취업난' 한가운데, 이 무슨 배부른 소리
냐고? 아니, 배부른 소리만은 아니다. 세상 모두가 괜찮대도 내게
는 괜찮지 않은 문제가 있고, 세상 모두가 쓸모없는 일이래도 아
직은 하고픈 일 역시 남아 있으니까. 나는 요즘 온갖 매체에서 떠

들어대는 MZ세대다. 기사에 따르면 MZ세대는 부당한 상황 앞에서 내 할 말은 참지 않고 당당하게 내뱉고, 회사와 내가 맞지 않으면 뒤도 돌아보지 않고 퇴사하는, 넘치는 창의력을 바탕으로 자신만의 가치를 담은 길을 쭉쭉 개척해나가며 하고 싶은 일, 사랑하는 주제를 위해 현재를 살아가는 존재랬는데 MZ세대의 딱 한가운데인, 현실 속 나는 그렇지 않다.

나를 잃고 싶지 않았지만 '먹고사니즘'을 위해 어쩔 수 없이 틀에 맞게 깎여 나가는 나를 견디기도 하고 취업 시장의 문이 더더욱 좁아졌다는 것을 알기에 '쿨하게' 퇴사하는 일 따윈 있을 수가 없다. 부모 같이 살고 싶지 않다고 늘 생각해왔지만, 부모만큼이라도 살아내기가 얼마나 어려운지 느낀다.

현실의 MZ세대가 회사에서 살아남기 위해, 동시에 나를 잃지 않기 위해 고군분투하는 시간을 담았다. '회사 인간'으로서 다소 '회색 인간'이 되었음을 인정하지 않을 수 없지만, 완전히 나의 색을 잃는 일은 결단코 거부하고 싶다. 먹고사니즘에 '적응'(순응은 아니고)하면서 나다움도 결코 잃지 않기를 바란다. 회사, 가족, 친구, 꿈과 같은 일들은 여전히 혼란스럽지만 이 모든 혼돈 가운데 매몰되지 않고 나의 본모습을 찾으려 노력한다.

회사 일과 상사 비위와 남 눈치만 보다 정작 나 자신을 잃어버리는 것 같은 느낌이 들 때 평범한 오 대리의 험난한 사회 정착기가 당신에게 조용한 위로가 되기를. 당신만의 회사생활 그리고 꿈 찾기에 이 책이 아주 조그마한 실마리가 되어주었으면 좋겠다. 이 이야기 역시 하나의 '정답'이 될 수는 없지만, 당신의 '선택'에 도움이 되기를 바라며. 어른답게 선택하고 그 결과를 겸허하게 받아들일 당신에게.

가장 평범한 회사원
오 대리

CONTENTS

프롤로그 …4

| PART 1 |

직장인이 되는 게 이런 거였다고?

보통날 …12

잘할 수 있습니다 …18

돈 버는 기쁨 …23

민달팽이의 껍질 찾기 …28

내가 탈모라니! …33

부동산 주식 코인 …39

커피 딜레마 …46

단톡 지옥 …53

| PART 2 |

'딱 평균'의 어려움

헤게모니 대 이동의 슬픔 …60

호모 유튭엔스 …65

숨구멍 …71

이 부장, 그 입 다물라 …76

딱 평균의 어려움 …81

119-오 양 구조대 …86

5%의 즐거움 …92

잘하고 있다고 말해줘 …98

| PART 3 |

이상 : 현실
= 53 : 47

똥 가방 ···106
이대로 죽을 순 없다 ···112
서랍장 속 추억은 우주보다도 넓어서 ···118
내가 꾸민 유니버스 ···124
돼지국밥 예찬론자 ···129
꿈의 가챠 ···134
5수에 빛나는 ···138
우리 부장이 달라졌어요 ···144

| PART 4 |

회사를 취미처럼,
취미를 회사처럼?

친구들아 잘 살고 있니? ···152
사랑, 사랑, 사랑 ···158
온갖 빛깔의 눈물을 위하여 ···163
뜨거운 냉커피 ···169
착한 놈 이상한 놈 미친놈 ···175
아버지, 내게 정답을 알려줘 ···181
30년 만에 찾은 단 하나의 팩트 ···187
몸과 마음이 건강하고 싶은 자취생을 위한 제안 ···192

| PART 5 |

그래서 나는

여전히 9시 착석 ···202
과거는 힘들고 미래는 두렵다 ···205
누나는 회사에서 무슨 일해? ···210
회사가 있음에 ···214
퇴사할까, 그냥 다닐까 ···222
이. 또. 지 ···226

에필로그 ···230

PART 1

직장인이 되는 게
이런 거였다고?

보통 날

06:50, 오 양은 기상 알람을 들었다. 듣기만 했다. 아니, 손가락도 움직였다. 스마트폰 알람을 손가락 두 개 까딱거려 미뤄두고, 다시 누운 방향을 바꾸어 눈을 감았다.

07:00, 오 양은 세상에서 제일로 짜증 나는 그 소리를 다시 듣고야 말았다. 이번에는 실전 알람이다. 머릿속으로 엑셀보다 촘촘한 시간표가 대번에 그려진다.

'여기서 뺄 수 있는 일은?'

'머리 감기.'

그렇다. 오 양은 종종 머리를 이틀에 한 번 감는 습성이 있다. 머리를 묶고 가는 날은 대개 새로운 스타일링의 목적보다는 시간 절약의 목적이 더 크다.

'15분 더 자도 됨.'

오 양의 행복회로가 적당한 시간(사실은 마지노선)을 계산해냈다.

07:20, 이즈음에야 겨우 눈을 뜬 오 양은 잠시간 멍한 눈으로 스마트폰을 쓸데없이 들여다본다. 날씨 체크를 핑계로 시작되는 이 루틴은 오 양의 뻑뻑한 모닝 안구를 더욱 피로하게 만들 뿐이다.

07:25, 더는 안 된다는 느낌을 오감 아니, 육감으로 강하게 받은 오 양은 드디어 발을 질질 끌며 욕실로 향한다. 구취를 지울 목적으로 양치를 벅벅 해낸 뒤, 클렌징폼을 이용하여 얼굴의 기름도 지워낸다. 베개 피의 오돌토돌함이 얼굴에 복제되어 닿는 감촉이 좋지는 않지만, 9시 전에는 지워지리라 믿는다.

07:40, 스킨-로션-선크림을 바른 오 양은 갈등에 빠진다.

'파운데이션 할까, 말까?'

요즘, 마스크라는 강력한 방패를 앞세운 오 양. 파운데이션을 비롯한 화장이 점점 귀찮아지는 중이다. 어차피 얼굴의 반을 가리는데 괜히 화장품을 남발하는 것은 나뿐 아니라 지구에도 좋지 못한 행동일 거라는 합리화를 하는 중이다.

번뜩!

비 올 것 같은 아침. 듬성듬성한 구름을 뚫고 갑자기 햇볕 한 줄기가 정면으로 날아들었다. 이럴 수가. 지난밤 01:30까지 스마트폰을 들여다본 오 양의 눈 밑이 무슨 나무껍질처럼 짙고 거칠게 보였다. 속이 상한 오 양은 어쩔 수 없이 파운데이션 펌프를 쭉 눌렀다.

'옛날엔 밤을 새워도 괜찮았는데….'

자꾸만 옛날을 떠올려봐야 소용은 없다. 괜히 짜증이 난 오 양. 파운데이션을 얼굴에 대충 끼얹었고 스펀지로 퍽퍽 두들겨본다. 어쩐지 같은 양을 발라도 눈 밑은 다른 부위만큼 밝아지지 않아서 더더욱 짜증이 난다.

8:00, 오 양은 옷 코디에 젬병이다. 회사는 매일 보는 사람이 가득하기에 '매일 다른 옷'을 입고 가야 한다는 사실이 속상하다. 옷은 사도 사도 부족하고, 있는 옷을 믹스매치하는 능력은 더 부족하기 때문이다. 대충 사람처럼 보일 만한 셔츠와 슬랙스 따위를 걸치고 출근 가방을 걸친다. 회사에는 의외로 매일 소박한 런웨이를 선보이는 사람도 많았다. 어떻게 아침마다 저렇게 여유 있으며 패션 감각이 넘치는지 도통 알 수 없는 오 양은 그저 어제와 똑같은 캔버스 운동화를 찍찍 끌고 현관문을 밀 뿐이다. 엘리베이터에 탑승하고야 신발 뒤축을 세워 제대로 신발을 신는, 약간의 정성을 보였다.

8:20, 출퇴근길에서 자기 계발하는 사람만큼 대단한 사람이 있을까? 오 양은 시끄러운 지하철을 타는 동안 그저 귀에 무선 이어폰을 꽂고 인터넷 서핑을 할 뿐이다. 늘 새 글로 가득 찬 인터넷 기사 혹은 인기글은 손가락 하나로 아주 쉽게 접할 수 있는 세상 소식 창구다.

8:50, 머리를 안 감을 수 있어 다행이다. 회사에 늦지 않았다. 자리에 가방을 던지고 재빨리 탕비실로 달려가는 오 양. 계절에 따라 뜨겁게 혹은 차갑게 녹여낸 카누는 '월급'과 함께 직장생활을 이끌어주는 쌍두마차다. 쌀쌀해진 날씨에 뜨거운 카누를 말아낸 오 양.

'오늘도 세이프 해서 다행.'

안도가 섞인 입김을 음료 표면에 불어가며 커피가 적당한 온도가 되도록 식혀냈다.

18:20, 오늘도 이리저리 눈알을 굴리며 모니터를 째려보고, 사람과 치댔다. 가을을 타는지 급격한 체력 저하로 얼른 집에 가야 할 것만 같다. 아침에 어찌저찌 굴러온 그 길을 돌아가는 시간은, 어째 더욱 피곤하게 느껴진다. 노트북을 편 채로 뭔가를 작성하는 사람도 보인다. 다시 한번 속으로 '리스펙!'을 외치며 스마트폰 화면 속 유튜브 버튼을 누른다. 눈꺼풀을 2/3만큼만 열어 즐겁지만 다시 보고 싶지는 않은 영상을 쳐다보다 보면 어느덧 집에 도착한다.

19:30, 오늘 집에 오는 길에 대형마트를, 힘이 없다면 적어도 동네마트라도 들러야 했다. 집에 먹을 것이 없기 때문이다. 하지만 마트고 뭐고 나도 모르게 이미 집 쪽으로 터덜터덜 걸어오고 말았다. 20대가 끝나가고 30대가 다가오는 오 양은 이제 예전같이 많이 먹을 수도 없다. 다행히 냉장고에 계란이 몇 알 남았기에 대충 라면 하나 끓일 만큼만 물을 올려 본다. 계란 두 알을 까 넣었기 때문에 영 탄수화물만 섭취하는 건 아닐 거라고 스스로 위안해본다. 대충 저녁을 다 먹어 치웠더니 역시나 눕고픈 마음이 간절하다. 집에서 오 양은 주로 누워서 생활한다. 어디에선가 먹고 나서 바로 누우면 '역류성 식도염'에 걸릴 수 있다는 이야기를 들었다. 혼자 살기에 아프면 안 되는 오 양은 '눕지는 않지만 눕는 것만큼 편한' 자세를 이미 발견한 지 오래다. 베개와 쿠션을 있는 대로 침대 헤드 쪽에 기대어 45도에 가까운 경사로를 쌓는다.

'오늘은 집안일 좀 해야지! 밥 먹었으니까 딱 20분만 쉬는 거야! 진짜 딱 20분!'이라고 굳은 다짐을 한다. 20분은 쉽게 2시간이 된다. 10시가 넘어가면 어쩐지 더욱 생산적 의지가 바닥이 된다. '시작부터 피곤한 오늘'이기에 무리하면 안 될 것만 같다.

'오늘은 쉬자. 내일 출근도 해야 하잖아!'

여전히 대충 즐겁지만 두 번 보고 싶지는 않은 영상과 인터넷 속 소식을 둘러보며 하루가 끝난다. 과연 내일 저녁, '나아지고자 하는 오 양' vs '피곤한 오 양' 가운데 승자는 누구일까?

잘할 수 있습니다

"잘할 수 있습니다!"

태어나서 처음으로 정장과 면접용 블라우스를 맞춰 입고, 세상에서 가장 착한 눈빛을 발사하던 오 양이 있었다. 한 5년쯤 전에 말이다. 나인 듯 나 아닌, 하지만 나에 가깝기는 한 서류를 아주아주 열심히 써서 한 열 번은 고쳐 읽은 다음 기도와 함께 여러 곳으로 보냈다(새우깡에 새우가 8.2%가 들었다고 한다. 자소서에 그보다는 많이 내 이야기가 들어갔으니 '오 양 자소서'라고 불러도 될 것 같기는 하다). 다행히 새우깡처럼 뻥튀기된 자소서에 매료된 한 회사가 오 양을 불러 주었다.

"열심히 하겠습니다."

잘할 수 있다는 건 거의 거짓말이었고, 열심히 하겠다는 각오는 나름 진실이었다. 그때까지는.

오 양은 그렇게 자기 '밥벌이'를 시작하게 되었다. 처음엔 한 달 치 일을 안 했는데도 미리 들어온 월급에 감복하여, 회사에 충성을 맹세했다. 딱 일한 날짜만큼만 돈을 주던 아르바이트와 달리 날 믿어주는 것 같아서. 입사 초기, 업무는 당연히 학교에서 배운 것과 딴판이었고 처음으로 맺어가는 다양한 인간관계도 혼란스러웠다. 하지만 오 양은 꽤 적응력이 좋은 편이었다. 눈치코치 살려, 돈 쓰는 세상을 벗어나 돈 주는 세상에 적응하기 시작했다. 업무는 무조건 완벽하게 해내야 하는 줄 알던 0.7년 차 오 양은 조사하고 묻고 또 뒤졌다. 3년 차 오 양은 '완벽'이란 매뉴얼에나 존재한다는 사실을 깨달았다. 내 일이고 네 일이고 사실은 아무도 '완벽하게' 아는 사람이 없었다. 그렇게 오 양은 페이퍼워크 따위는 적당히 해내는 '직장생활 스킬 1'을 마스터했다.

처음 회사에 들어갔을 때 사람과의 관계도 참 어려웠다. 여태껏 비슷한 또래 혹은 친구와의 어울림이 제 인간관계의 전부였다. 여기서는 부모뻘인 사람과도, 자주 봐도 어려운 사람과도 종일 붙어 있어야 했다. 내 부모와는 반년에 한 번씩 보는데 동료와는 매일같이 밥을 먹자니 때때로 이상한 기분도 들었다. 그들과 나누는 대화는 중요한 이야기와 중요하지 않은 이야기가 3:7 비율쯤 되는 것 같았다. 3만큼 배울 점도 있었지만, 종종 끝도 없는 7만큼의 쓸데없는 소리를 잠자코 듣고 있자면 현기증이 났다. 오 양은 눈으로는 상대를 바라보며 동시에 딴생각을 해내는, '직장생활 스킬 2'를 익혔다. 스킬 2는 의외로 스킬 1보다도 더 중요했다.

워라밸. 요즘 많이들 쓰는 '워크 앤 라이프 밸런스'에 도달하기까지는 꽤 오랜 시간이 걸렸다. 제 능력이 부족한 것 같아 무급 야근을 자처했다. 퇴근 후의 전화에는 매번 심장이 철렁했다. 직장인 오 양과 자연인 오 양을 처음부터 칼같이 나눌 수는 없는 일이었다. 얽히고 꼬여 한 몸이 되기 전에 적당히 풀어내는 것만으로도 선방이었다. '스트레스 받아봐야 내 손해다'를 되새기며 직장인 오 양과 자연인 오 양을 가까스로 분리해 내었다. 가장 어려웠던 '직장생활 스킬 3'이었다.

"오 대리!"

가까이서 자신을 부르는 소리에 퍼뜩 정신이 들었다. 그간 익혀온 스킬 1~3 따위를 곱씹어보는 찰나, 부장이 오 대리를 불렀다. 어쩐지 이 아저씨 앞에 서자면 어렵게 익혀온 스킬이 모두 무용지물이 된다.

"오 대리, 그때 그 기획 왜 아직도 결과 보고 안 해?"

"아… 네…! 지금 하고 있었습니다."

"그때가 언젠데 아직도 결재를 안 올렸어?"

"아… 넵…. 그게… 아…. 오늘 퇴근 전까지 마무리하겠습니다."

그렇다. 오 양이 아무리 내면의 스킬을 갈고닦아봤자 밥벌이의 실체는 꽤 복잡한 것이었다. 월급을 얻기 위해서는 생각보다 해야 할 일도 신경 써야 할 것도 많았다. 대단히 회사생활에 통달한 척하는 오 양은, 사실 아직도 모르는 것투성이였다. 그 사실을 인정할 때면 서러운 마음이 올라오기 때문에, 괜히 센 척을 하는 단계에 불과했다. 아직도 상사 앞에서는 나도 모르게 손톱 옆 거스러미를 뜯게 되고, 불시에 걸려오는 클레임 전화에는 두 눈이 휘둥그레졌다.

타지에서 자취생활을 하는 오 양은 '점심 한 끼'가 꽤 중요한 영양분 섭취원이다. 원래도 밥을 느리게 먹는 편이었던 오 양. 아직도 회사 점심시간이 적응되지 않는다.

"오 대리는 밥을 하루 종일 먹는 거야? 우리 먼저 일어날게. 껄껄껄."

그래도 밥 먹는 속도가 맞는 동료가 한 명은 있어 다행이다. 후식 선발대가 길을 나서면 유일한 밥 동지와 진짜 식사가 시작된다. 같은 처지의 자취생, '이 대리'가 있어 다행이다. 직장인이라면 밥은 굶어도 커피는 굶지 않는다. 점심 식사를 마친 뒤 오늘도 시원한 아메리카노를 한 잔 샀다. 까만 생명수를 쪽쪽 빨며 악의 구렁텅이로 되돌아가는 오 양과 이 양의 발걸음이 점점 무거워진다.

'아니? 다섯 시간이라니! 아직도 다섯 시간이나 남았다니!'

자리에 앉아 더부룩한 속과 괴로운 눈꺼풀을 아이스아메리카노로 다시 한번 달래본다.

'더 큰 사이즈로 살걸…'

괜히 다 마신 커피 컵을 쭉쭉 빨아 보지만 이젠 커피라기보단 보리차 맛에 가까운 액체가 빨대를 통해 딸려 올라올 뿐이다. 더는 미룰 수 없다! 지적받은 이상, 오늘은 반드시 결과 보고서를 올리고 퇴근해야겠다. 의외로 집중해서 일하다 보니, 오후 다섯 시간은 순식간에 지나갔다. 회사 일을 좀 깨달은 척하지만, 아직도 한참 모르는 오 양. 오늘도 이렇게 얼렁뚱땅 9시간을 회사에서 불태웠다. 아름답게 표에 음영을 칠하고, 괜히 그래프도 넣은 보고서를 완성했다.

"하, 오늘 1인분은 했다."

'20년도×× ○○○ 보고서(진짜 최종_끝)'을 완성한 오 양. 이제 진짜 집에 가야 할 것 같다. 17시 57분. 아직 아무도 자리를 뜬 사람은 없지만 오 양은 가방을 챙기기 시작했다.

"내일 뵐게요!"

17시 59분. 아까 부장에게 깨지는 모습을 목격한 동료들이 얼른 가라며 괜히 챙겨주기까지 한다. 18시 00분. 당당하게 정문을 통과하며 오 양은 생각한다.

"아직도 화요일이라니! 목요일 정도는 되었어야 공평한 것 아니냐고!"

누구를 원망하는지 알 수 없는 말을 내뱉으며 오 양은 지하철역으로 씩씩대며 걸어갔다.

돈 버는 기쁨

사회생활 스킬 1~3을 적절히 구사하며, 월요일부터 금요일까지의 9-6시를 갈아 넣고 오 양이 얻는 건 뭘까? 그렇다. 모두가 알다시피 돈이다. 사회인이라는 약간의 자부심과 함께하는. 이 돈으로 오 양은 한 달을 꾸려나간다. 월세와 관리비를 내고 전기, 가스, 통신, 보험비도 낸다. 옷도 사 입고 밥도 사 먹는 원천은 바로 이 월급이며, 이 작고 예쁜 것을 쪼개어 때때로 사치를 부리기도 한다.

오 양은 대학 동기들보다 취업이 늦었다. 오 양이 한창 취업을 준비하던 사이, 몇몇 동기들은 이미 학생 딱지를 떼고 회사원이 되었다. 먼저 일을 시작한 친구들을 만날 때면, 이 녀석들이 한두 해 사이에 팍-삭 어른스러워졌다고 생각했다. 말투, 심지어 얼굴까지 1년짜리 변화라고 보기엔 큰 폭의 차이가 있었다. 친구들이

사주는 밥을 날름날름 얻어먹으며, 오 양은 '돈 쓰는 사람'과 '돈 버는 사람'의 간극을 어렴풋이 이해했던 것 같다. 내일이 없는 듯 마시고 놀던 녀석들이 '다음 날'을 챙길 때, 생전 본 적 없는 녀석들의 성숙한 행동에, '돈 버는 일'의 무게가 살짝 와닿기는 했다.

얼마 뒤 오 양도 꿈에 그리던 '돈 버는 사람'이 되었다. 첫 월급을 받아서는 괜히 주말에 본가로 내려갔다. 이번 달 쓸 돈과 월세를 제한 모든 금액, 80만 원을 빳빳한 오만 원짜리로 인출해 부모님께 건넸다. 꼭 선물하고 싶었던 돈 케이크와 함께.

"회사 선배들이 첫 월급은 다 부모님 드리는 거래!"

"아이고! 엄마, 아빠 한 10만 원만 주면 되지! 너 살기도 팍팍할 텐데."

"다음 달부턴 일절 없을 거야. 한 번만 주는 거야!"

처음으로 가족 외식을 제 카드로 결제하고 이제 저도 '돈 버는 사람임'을 가족들에게 무지하게 자랑했다. 신나는 자랑의 주말을 보내고 일요일 저녁 서울로 돌아오는 기차 안, 핸드백을 열어보니 어제 건넨 그대로 봉투가 담겨있다. 얼른 휴대전화를 꺼내 엄마에게 전화를 걸었다.

"엄마! 왜 다시 넣어놨어?"

"딸이 번 돈을 우리가 어떻게 쓰니. 그냥 너 써."

"이번 달만이라고 했잖아! 첫 월급 턱인데!"

"아이고, 그것도 옛말이야. 요새 서울 물가가 얼만데. 그냥 너 갖다가 써."

"아 뭐야…. 김빠지게…."

"얼른 들어가서 쉬어. 집에 바로 들어가. 늦다."

"응…."

돌려받은 첫 월급은 신기루처럼 사라졌다. 그렇게 마냥 쓴 것도 아닌데. 회사에 입고 갈 만한 옷을 사고, 가고 싶었던 뮤직 페스티벌의 티켓을 끊는 정도로 첫 월급은 자연스레 공중으로 흩어지고 말았다. 그럼에도 첫 월급은 오 양에게 단지 '돈' 이상의 의미로 남았다. '소비'만 하는 존재에서 돈 그리고 가치를 '생산'해낼 수 있는 존재가 되었다는 자부심이 가슴 한구석을 은근히 데웠다. 오 양은 먹고사는 데 필수적이지 않은 것을 구매할 때, 특히 돈 버는 기쁨이 크게 와닿았다. 이를테면, 100% 동물성 생크림을 두른 딸기 케이크나 작고 깜찍한 무스 케이크를 사 먹을 때 말이다. 카페에서 커피 한잔과 케이크를 '두 조각'(한 조각이 아니라 두 조각이다) 시키는 시간은 가장 확실히 다가오는, 일하는 보람이었다.

남자친구에게 머리끝부터 발끝까지 새 옷을 선물하기도 했다. 나보다 더 패션 테러리스트였던 그 남자에게 꿈꾸던 옷들을 입혀 줄 수 있어 기뻤다. 새하얗고 빳빳한 폴로셔츠는 그의 넓은 어깨를 더욱 빛내주었다. 늘상 신고 다니던 거무죽죽한 빨강과 쨍쨍한 파랑이 공존하는 이상한 운동화 대신에 깔끔한 단색 스니커즈를 선물했다. 다시 그가 대학생 때처럼 멋져 보여 가슴이 콩닥였다.

받는 일이 당연한 존재에서 무언가를 선물할 수 있는 존재로의 변화. 월요일부터 금요일까지 매일 9시부터 6시까지를 회사에 바칠만한 가치가 있다는 생각이 들었다. 집에 있는 대학생 동생도 제 생일이 되면 너스레를 떨었다.

"누나~ 12월 28일이 무슨 날인지 아십니까요?"

'야' 혹은 '이름 석 자'가 아닌 '누나'라는 호칭. 무언가를 부탁하기 전 신호다.

"잘 모르겠는데?"

"에이, 알면서~ 귀여운 동생 생일이잖아! 누나 나 믿고 있을게!"

그러면 그렇지. 같은 주머니에서 돈 타 쓰는 존재였던 동생에게 '용돈'을 붙이는 기분도 이상했다. 생일, 기말고사 끝난 날 어김없는 '누나' 호칭에 속수무책으로 용돈을 입금하며 부모라는 존재의 기분도 살짝 체감해 보았다. 한 석 달 정도는 통장에 월급을 한 톨도 남기지 않고 모조리 써 버린 것 같다. 다음 달 같은 날짜가 되면 또 같은 금액이 채워지리라 생각하니, 이전과는 달리 근거 있는 자신감이 들었다. 그렇게 사회인이라는 자부심으로, 매달 일정한 날짜에 월급이 들어오리라는 안정감으로, 하루하루 새로운 업무를 배워가는 성취감으로, 이 많고 많은 취준생 중에서 이 회사가 나를 구제해 주었다는 감사함으로.

오 양은 얼마간 회사에 꽤 만족스레 다녔다. 매일 아침 회사에 15분 일찍 도착해서 카누를 한 잔 마시겠다는 각오로 씩씩하게 회사로 향했다. 기분이 울적한 날에는 카누 대신에 카페에서 바닐라 라떼를 벤티 사이즈로 사 마실 수 있는 자신이 좋았다. 부장에게 깨지는 날에도 따듯한 위로를 건네며 맥줏집에 끌고 가 주는 사수가 있어 좋았다.

돈 '버는' 일은 그래서 처음에는 여러모로 행복했다.

민달팽이의 껍질 찾기

5년 전 서울에 올라온 날을 다시 떠올려 본다. 취업이 확정되고 바로 다음 주부터 출근해야 했다. 오 양은 엄마와 함께 얼른 낯선 땅에 집을 구하러 왔다. 대학까지도 집에서 다녀서 한 번도 부모와 떨어져 본 적 없는 오 양. '서울에서' 자취한다는 사실이 그저 신나기도 했다. 서울에서 '자취'를 한다는 사실이 얼마나 큰 도전인지를 모르고.

부동산의 모습은 살던 동네나 서울이나 크게 다를 바가 없어 보였다. A4용지로 매물을 더덕더덕 붙여둔 부동산 유리문을 오 양과 엄마가 함께 밀고 들어갔다. 공인중개사 아줌마는 우리가 찾는 매물에 대해 대단히 관심이 있지도, 대단히 소극적이지도 않아 보였다. 당장 살아야 할 집이 필요하다는 사실을 오픈한 게 실수일지도 모르겠다. 중개사는 이렇다 할 만큼 마음에 쏙 들지 않는 집을 몇 개 보여주고는 마지막으로 한 집을 소개했다.

'500에 60.'

우리 집 속 내 방보다도 훨씬 작은 그 방 한 칸에 매달 60만 원이나 내야 한다는 사실이, 첫 자취를 앞둔 오 양에게는 무척 버겁게 다가왔다.

"엄마 그냥 아까 봤었던 50만 원짜리 방으로 하면 안 돼? 나 혼자 사는데 그 정도면 충분할 것 같아."

"…."

수다스러운 편인 엄마가 어쩐지 말이 없다.

"사모님, 따님이 다음 주부터 출근하시려면 이번 주에 계약 맺고 내려가시지요. 그래도 이 집이 낫지 않겠어요?"

"그래도 이 집이 낫겠네요."

"아니야, 엄마. 나 월세 60만 원은 너무 비싸. 아까 집으로 할래. 거기도 나름 주방도 분리되어 있고, 방이 좀 작기는 하지만…."

"아니야, 엄마 말 들어봐."

엄마는 10만 원이 더 비싸도 이 집에 살아야 하는 이유를 조목조목 설명했다. 그때는 그런 게 귀에 들어오지도 않았지만.

"우리 딸 처음은 너무 서글픈 데 살면 그러니까 조금이라도 좋은 방으로 하자. 살다가 모자라면 엄마가 보태줄게."

"에이, 나도 이제 돈 버는데 엄마가 주긴 뭘 줘!"

그렇게 첫 자취방을 계약했고 그 길로 집으로 내려가 짐을 챙기기 시작했다. 당장 입을 겨울과 봄 옷가지, 냄비와 수저, 수건, 이불 등 몇 가지 살림살이로도 승용차는 꽉 찼다. 이틀 뒤, 다시 서울로 올라와 새집에 챙겨온 살림살이와 옷을 쏟아부었다. 엄마는 집주인보다 더 바삐 걸레로 바닥과 서랍 안을 쉴새 없이 훔쳤다. 집주인이 넋 놓는 사이에 물건 정리는 대충 끝났다. 서울에 올라오는 길은 엄마와 함께였지만, 정확히 12시간 뒤 오 양은 서울에 혼자 남았다.

내려가는 길에 엄마로부터 전화가 걸려 왔다. 부모는 서울에서 이런 집밖에 구해줄 수 없음에 한없이 미안해했다. 주거공간을 고를 때 뭐가 중요한지 알 리 없었던 오 양은 그저 얼떨떨하기만 했다.

"엄마 나 괜찮아. 내 집 좋은데?"

"해 줄 수만 있다면 다 해 주고 싶다만…. 우리가 더 못 해줘서 미안해."

"아니야. 왜 자꾸 미안하다는 거야? 나 집 마음에 든다니까…?"

"해 줄 수만 있다면…. 엄마가 더 좋은 데 해 주고 싶었는데…."

5년간 자취하며 살아온 지금, 오 양은 엄마가 그때 왜 그런 말을 했는지 조금은 이해할 것 같다. 집을 몸과 마음에 휴식을 주는 공간이라 정의한다면, 오 양의 첫 집은 몸에만 휴식을 대충 제공했다. 햇빛과 공간이 부족하여 늘 튀어 나가고 싶던 공간. 모든 걸 내어 주고 싶은 딸이 그런 집에서 살 수밖에 없다는 사실을 알지만,

어찌할 도리가 없는 부모의 마음은 어땠을까. 엄마가 내려가고 처음으로 맞는 밤. 옵션으로 딸린 싱글 침대에 누워, 집에서 가져온 극세사 이불을 덮은 오 양은 쉽게 잠이 오지 않아 눈만 껌뻑였다.

'드디어 나도 자취란 걸 하게 되는구나.'

의외로 혼자 사는 일은 게으른 오 양의 오감을 한층 날카롭게 갈아내줬다. 아침잠이 많아 대학생 때까지도 종종 학교에 지각하던 오 양. 회사 가는 월-금요일이 되면 첫 번째 알람은 놓쳐도 두 번째 알람에는 몸이 기어이 반응했다. 오 양은 놀랍게도 25살까지 세탁기를 한 번도 돌려본 적이 없었다. 세탁기에 세제를 얼마나 부으면 되는지, 많고 많은 버튼 중에서 어떤 것을 눌러야 하는지 엄마한테 물어봤다.

"그 쉬운 걸 뭘 물어! 세제 한 스푼 넣고 어지간한 건 표준 모드로 돌리면 돼."

스마트폰보다도 어려워 보였던 세탁기 사용법에 드디어 익숙해지기 시작했다. 급하게 자취를 시작하느라, 가구 하나 없이 시작한 오 양. 첫 달 월급으로 철제 선반 2개와 스탠딩 스탠드를 샀다. 바닥에 나뒹구는 가방과 옷가지는 수납장의 중요성을 금세 일깨워줬다. 집에서는 언젠가부터 당연히 존재하던 책꽂이, 서랍장 같은 것들 말이다. 둘째 달 월급으로는 공기청정기를 샀다. 서울 봄 공기에 실린 미세먼지가 비염 환자인 오 양에게 가혹하게 다가왔기 때문이다. 그다음 달에는 좀 두꺼운 수건 10장과 스팀다리미를, 그다음 달에는 전자레인지를 샀다. 자취생에게 전자레인지는 가스레인지보다도 훨씬 중요했다. 3분만 기다리면 모든 요리가 완성되는 마법 같은 상자. 오 양 빼고 다른 자취생은 다 아는, 공공연한 비밀이었다.

생각보다 빨리 닳는 치약과 칫솔. 약간 다른 속도로 닳기에 한 통씩 똑같이 사서는 안 되는 샴푸와 린스. 한쪽만 늘 찢어져서 속상한 고무장갑. 의외로 괜찮은 것을 사자면 꽤 비싼 주방용 칼과 가위. 화장실은 회사에서 더 많이 가는데 왜 이리 빨리 없어지는지 모를 휴지. 분명히 다섯 쌍을 넣고 돌렸는데 9개만 말라 있는 흰 양말. 필요할 때는 절대 없는 후시딘과 밴드 같은 상비약.

'혼자 사는 데도 필요한 게 이렇게 많은데. 엄마는 어떻게 네 사람 몫을 챙겼을까?'

매번 슬리퍼를 끌고 동네 마트로 향하면서 생각했다.

내가 탈모라니!

오 양은 미모와 몸매 따위는 자부할 수 없었지만, 딱 한 가지 자랑거리가 있다. 아니, 있었다. 바로 머리숱 말이다. 어릴 적 머리를 잘라주던 미용사 아주머니부터 가끔 뵙는 친할머니까지 오 양의 머리에 손을 대는 사람이라면 모두 머리숱에 감탄하곤 했다.

"머리가 많아서 파마 비용 더 받아야겠어요."

"어찌 저리 머리숱이 많아. 무겁겠다, 우리 손주. 호호호!"

머리를 말리는 데에만 30분 이상 소요되던 두껍고 묵직한 모발의 소유자 오 양. 그녀에게 머리칼과 관련된 시련은 평생 절대 없을 것만 같았다. 입사하고 1년쯤 되었을 때였을까, 오 양은 이상한 소리를 들었다.

"오 대리, 머리에 이거 뭐야? 웬 땜빵이 있는데?"

"땜빵이요? 무슨 소리예요."

"아니야 진짜야. 여기 만져봐, 아니 거기 말고 여기 말이야."

머리털이 휘날릴 정도로 바쁘게 걸어가던 오 양. 그 뒷모습을 우연히 본 선배가 믿을 수 없는 이야기를 내뱉었다. 오 양은 얼른 커튼 같은 긴 머리칼 속으로 검지와 중지를 찔러넣었다. 선배가 가리키던 방향의 두피를 긁적거려 보았다.

'진짜잖아⋯?'

20대 중반에 탈모라니 억울하기 그지없다. 놀라서 얼른 초록 창을 켠 오 양은 '원형 탈모, 여성 탈모' 등의 키워드를 연달아 검색했다. 오 양의 정수리 왼쪽 아래에 생긴 오십 원짜리 만한 흰 맨살은 말로만 듣던 '원형 탈모'의 증상과 똑 닮아있었다.

'주로 스트레스성으로 생기는 탈모의 일종이며~'

회사란 다 이렇게 다니는 건 줄 알았다. 매일 화나고 속상한 일이 있기는 했지만, 돈 주는 곳은 으레 그러려니 하고 지내왔다. 오 양이 애써 무던하려 마음을 다지고 또 누르는 동안, 빠져나갈 곳 없던 스트레스는 오 양의 두피에 구멍을 '뻥' 뚫어 탈출구를 만들었다.

'원형 탈모는 주로 스트레스의 원인이 사라지면 자연스럽게 회복되는 경우가 많으며⋯.'

'스트레스의 원인? 기껏 들어온 회사를 때려치우란 말이냐?'

불가능한 해결방안에 낙담할 뻔했지만, 스트레스를 해소할 다른 방법을 모색하기로 했다. 그즈음 체력이 급속도로 떨어지는 것을 느낀 오 양은 겸사겸사 배드민턴 동호회에 등록했다. 날아오는 셔틀콕을 얄미운 상사 얼굴 떠올리며 후렸다. 다행히 셔틀콕의 하얀 대가리는 도화지와 같아서 때때로 부장 얼굴을, 어떤 날에는 차장 얼굴을 대입할 수 있었다. 다행히 스트레스를 운동으로 푸는 해결방안은 잘 작동했다. 6개월 뒤 오 양의 뒤통수는 다시 복구되기 시작했다.

아, 탈모 이야기가 여기서 끝났다면 얼마나 좋았을까? 원형 탈모를 해결하고 3년쯤 뒤, 실로 커다란 위기가 다시 엄습해왔다. 씨스루-뱅 앞머리를 해 다니는 오 양은 어쩐지 요즘 앞머리의 볼륨감이 쉽게 꺼진다고 느꼈다. '요즘 습도가 높아서 그렇겠지!'라고 날씨 탓을 하려는데, 온습도가 받쳐주는 계절이 되어도 앞머리가 힘 빠진 더듬이 마냥 축 처지고 마는 모양이 어째 변함이 없다.

세 면에 거울이 달린 엘리베이터 속에서 웬일로 스마트폰이 아니라 제 얼굴을 뚫어져라 보던 날이 있었다. 대낮보다도 환하게 빛나는 전등이 오 양의 두피에도 내리쬐었다. 무한정 뻗어나가는 프랙털 같은 거울 속을 하염없이 들여다보다가, 문득 허연 제 정수리가 눈에 띄었다. 애써 부정하려 해 왔지만, 더는 외면할 수가 없는 순간이었다. 3년 전에 검색할 때 얼핏 봤던, 그때는 아니었지만 지금은 맞는 '여성형 탈모' 증상이 정확히 이 정수리에서 보였다.

'가르마가 점점 넓어지고, 윗머리 볼륨이 사라짐,
이마가 점점 넓어지는 경향이 있음.'

　정확히 오 양의 증세다. 이마가 넓어지는 건 남자들의 고충인 줄
로만 알았다. 우리 집 헤어라인 역사를 되짚어본다. 친가 쪽? 빽빽

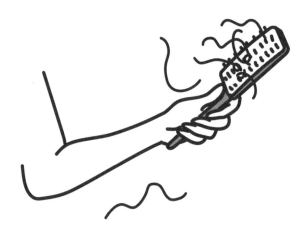

하다. 머리도 굵고. 외가 쪽? 아, 여기가 원인이었구나…. 세 살은 어리지만 일찍이 탈모를 걱정하던 남동생이 생각났다. 그를 놀리며 비웃었던 과거도 기억이 났다. 털 많은 인류 가운데서 털 부족한 존재로 살아가야 하는 앞날을 생각하니, 눈앞이 캄캄하다.

미녹시딜이라는, 바르는 탈모 치료제를 구매했다. 직구 방법을 잘 설명해둔 누군가의 블로그 글을 따라 시도하니 그리 어렵진 않았다. 탈모를 겪는 여성은 먹는 약보다는 바르는 약으로 시작해야 한다고 했다. 매일매일 기도하는 마음으로 도포하는 미녹시딜은 초기에 살짝 효과가 있어 보였다. 오 양의 원래 머리칼처럼 굵은 털은 아니었지만, 얇고 가녀린 털이 이마에 송송 솟아났다. 머리카락이라기보단 솜털에 가까운 그 형태에도 감사했다.

빠진 머리도 되살리는 현대 과학에 감사하기도 잠시, 또 다른 시련이 찾아왔다. 두피에서 누룽지같이 두툼한 각질이 떨어지기 시작했다. 시도 때도 없이 가려운 증상은 덤이다. 흔한 미녹시딜 부작용이었다. 빠진 머리털과 올라오는 각질을 저울질하다, 우선은 깨끗한 두피를 택했다. 좀 빠진 듯한 앞머리는 회사생활에 지장을 주지 않지만, 두툼한 각질은 회사생활에 좋지 않은 인상을 줄 것만 같았다.

'어쩌면 원형 탈모처럼 이 탈모 역시 회사를 관두면 없어질 수도 있지 않을까?'

위기 속에 희망을 풀-가동해보지만, 물론 장담할 수는 없다. 노화라는 거대한 흐름 속에서 적응해야 한다는 사실도 어렴풋이 받아들였다. 지난날 무심코 남동생의 훵한 이마를 비웃었던 때를 반성한다. 사촌 오빠가 장가가는 날에 흑채를 너무 많이 뿌렸길래 머리부터 바라봤던 일도 사과하고 싶다. 물보다 진한 피 때문일지. 월급보다 더 큰 고통 때문일지. 이유는 정확히 알 수 없지만, 이제는 지난날의 머리숱과 같을 수 없음을 받아들이는 수밖에 없다.

부동산 주식 코인

입사 후 3년간 오 양은 도토리 같은 월급을 꼬박꼬박 모아갔다. 재테크 같은 건 잘 모르기도 했고 꼭 해야 한다는 느낌이 강력하게 들지도 않았다.

'이만큼 노력해서 회사에 들어왔으면 됐지, 뭘 또 공부하고 노력하라는 말이냐!'

그리하여 오 양을 제외한 대한민국 최고의 관심사 '부동산 주식 코인'을 애써 외면하며, 오 양은 3년간 회사만 성실히(?) 다녔다. 아, 투자자들의 늘상 강조하는 '씨-드 머니'가 모이는 중이긴 했다. 한때는 비트코인이 난리였다. 옆 부서 정 대리는 지금이 인생 역전의 기회라며 끌어올 수 있는 대출을 모두 끌어왔지만, 잘 안되었다는 이야기도 들려왔다. 입사와 동시에 새카만 벤츠 E클래스를 뽑아, 소소하게 유명했던 정 대리. 코인으로 인한 스트레스가 극에 달했는지, 여러 번 차 사고까지 내며 사내 유명인사가 되었다. 남을 걱정해주는 척하는 은근한 뒷담화는 한동안 공공연한 우리 부서 티타임 주제였다. 동시에 모 대기업 신입사원이 코인으로 수백 억대 돈을 벌어서 쿨-하게 퇴사했다는 이야기도 도시 전설처럼 돌았다. 내 주변엔 없지만 어딘가에는 존재하는 유니콘 같은 존재. 후자 썰을 들으면 잠시 가슴이 웅장해지기도 했지만, 오 양은 어쩐지 자기 이야기는 전자와 닮아있을 것 같았다. 코인이란 게 대체 무슨 의미인지도 모르겠고, 어떻게 투자를 해야 하는지는 더 모르겠는데! 한 알 한 알 모은 월급을 무작정 던져 넣을 수는 없는 노릇이었다. 그러는 사이 코인 열풍도 조용히 일단락되었다. 오 양은 온 회사 사람들이 업비트만 쳐다보며 알 수 없는 이름의 코인들을 추천하지 않아서 좋았다. 회사에서 정 대리 말고는 코인으로 큰돈을 번 사람도, 잃은 사람도 없는 것 같았다. 잠깐 사이에 몇십만 원을 벌었다고 신나게 떠벌리다가 다음 날에는 대개 조용한 것을 보면 말이다.

코인 광풍은 곧 주식으로 이어졌다. '동학 개미 운동'이 바로 이 사무실에서 펼쳐지는 중이었다. 생전 본 적도 없던 '주식 예능'이 생겨났다. 매수, 매도 같은 초보적 용어부터 계좌 개설 방법 그리고 예수금 입금법까지. 주식 프로그램은 친절하게도 세상의 수많은 주린이를 위해, 예능을 빙자한 주식 강의를 풀어놓았다. 배경

지식이 나와 별다를 것도 없어 보이는 출연진을 보자니, 어쩌 나도 투자를 잘할 수 있을 것 같았다. 가치투자는 틀림없이 성공한다고 했다. 좋은 잠재력을 지닌 저평가된 주식을 찾아, 오래 들고 있으면 필승이라고도 했다.

'가치투자? 단타가 안 되는 나 같은 회사원에게 딱이잖아…?'

오랜만에 가슴이 쿵쾅거리는 것을 느낀 오 양. 얼른 증권사 어플을 다운로드 받았다. 이렇게 계좌 개설이 쉽다니. 은행 업무보다 더 간편한 것 같다. 심지어 계좌 개설만 했는데 축하금도 준다! 며칠 있으니 증권사로부터 스타벅스 아이스아메리카노 기프티콘까지 날아왔다. 깍쟁이 같은 은행 놈들이 참새 눈물 같은 이자를 주던 것과 대조된다.

'바로 이곳이 돈이 오가는 장이구나! 역시 증권사가 다르긴 다르군!'

초보자는 우량주 위주의 포트폴리오가 안정적이라고 했다. '우량주'에 '가치투자'를 한다면 틀림없이 성공의 여신은 오 양 편일 것 같았다. 주식 공부는 내 돈을 넣는 순간부터 비로소 시작된다고 부장이 예전에 말한 것도 같다. 투자는 없어도 그만인 돈으로 해야 한다고도 했다. 사회초년생 오 양에게 없어도 될 돈은 없지만, 백만 원 정도는 투자용으로 써도 괜찮을 것 같기도 하다. 백만 원을 증권사 계좌로 송금했다. 이름을 들어본 삼○전자, 카○오, 네○버를 느낌 오는 대로 구매하며 '우량주 가치 투자자'가 된 기분을 만끽했다.

코인 바람이 지나가고, 새로운 티타임 주제는 단연 주식이다. 모두가 주식 이야기만 하는데, 어째 오 양의 우량한 주식들은 그 수익률이 지지부진하다. 하나가 빨간 불이라면, 또 하나는 파란 불이 떴다. 개별 주 등락이 어찌 되는지는 잘 모르겠고, 오 양은 주로 '평가 금액'만 체크하곤 했다. 전체 평가 금액은 매일 백만 원에서 대단히 늘지가 않았다. '우량주 가치투자 중'인 오 양은 그래서 티타임에서 별로 할 말이 없었다. 투자 경력이 오래된 권 차장은 이번 주식 불장에 돈을 많이 벌었다고 했다. 물론 계좌를 깐 적은 없지만, 요즘 커피도 자주 쏘고 기분이 참 좋아 보이긴 했었다. 권 차장은 독특하게도 투자한 종목을 널리 떠벌리는 스타일이었다. 오 양이 주식 투자를 시작했음을 알리자, 진심으로 신나 보이는 리액션이 곧장 돌아왔다.

"그래! 잘했어. 요즘에 주식 안 하는 사람이 어디 있어? 나한테 많이 물어봐!"

"아 네! 감사해요."

"그래서 지금 뭐 뭐 샀다고?"

"삼전이랑, 네버랑… 또 뭐 샀냐면…."

"뭐? 삼전? 그런 걸 왜 사! 하. 아직 몰라도 너무 모른다. 어디서부터 가르쳐야 하니 얘를."

"왜요? 초보자는 우량주가 적합하다던데…."

"우량주? 너 그거 해서 언제 돈 벌래? 할머니 돼서 돈 뺄 거야?"

"아니, 그건 아니죠….'

"그렇지, 그런 주식은 너 할머니 될 때까지 '존버'해야 돈 버는 거야. 우리 같은 사람은 그런 거 못 기다려.'

"그럼요?"

떠벌리기 좋아하는 권 차장의 주식 특강이 시작되었다. ○○바이오는 권 차장이 기존 주식을 대부분 정리하고 몰빵했을 만큼 유망한 종목이라고 했다. '정치인 ○○○' 관련주로는 ○○테크, ○○산업이 있는데, 다음 분기에 반드시 떡상할 거라고도 했다. 어디선가 바이오 주식이 위험하다는 말을 들어서 ○○바이오는 사고 싶지 않았지만, 정치인 테마주인 ○○테크는 오르는 타이밍과 논리가 그럴싸하게 들렸다. 며칠 동안 권 차장의 주식 미니 특강에 매료된 오 양은 크게 마음먹고 백사만 몇천 원치의 평가금을 정리해 총알을 재장전했다. 그렇게 마련한 ○○테크. 권 차장이 약속한 3분기가 되어도 어째 잠잠하기만 하다. 알고 보니 권 차장에게 홀린 박 대리도 ○○테크의 주주였다. 전 재산을 ○○테크에 몰빵한 권 차장, 백사만 원치를 산 오 양, 원래 주식을 좀 해서 육백만 원치를 산 박 대리. 회사 앞 빽다방에서 이뤄지는 세 명의 티타임은 ○○테크 종목토론방을 방불케 했다. 강력한 정신적 지주, 권 차장의 말대로라면 ○○테크는 2배, 아니 10배도 갈 것 같았다.

그러던 어느 날, 한배를 탄 세 주주의 카톡방에 권 차장이 MTS 캡

처 한 장을 보냈다. 시뻘건 양봉이 하늘 높은 줄 모르고 치솟는 중이고 거래량도 폭주하고 있다고, 권 차장은 의기양양한 '왕따봉 라이언 이모티콘'을 덧붙이는 것도 잊지 않았다.

'순식간에 50만 원? 그럼 박 대리는 그냥 300만 원 번 거네? 그럼 권 차장님은?'

왜 하필 어제가 월급날이었을까. 추가 상승 여력이 있다는 권 차장 말에 홀린 듯 200만 원치를 추가 매수한 오 양. 입성과 동시에 차트는 본전에서 살짝씩 오르락내리락할 뿐이었지만, '가치 투자자의 마인드'를 지닌 오 양이기에 추가 상승 여력이 있다는 굳건한 믿음을 되뇌며 업무에 몰두했다. 물타기 한 금액에서 50% 정도만 먹으면 다 정리할 야무진 계획과 함께. 장 마감 15분 전. 업무에 집중하느라 카톡을 못 들여다보고 있었더니, 권 차장에게 사내 메시지가 왔다.

'빨리 ○○테크 확인해.'

MTS를 켰더니 믿을 수 없는 파란 폭포가 쏟아지고 있다.

"차장님! 차장님! 이거 무슨 일이에요?"

헐레벌떡 권 차장의 자리로 뛰어온 오 양과 박 대리. 음봉만큼이나 얼굴이 퍼렇게 질린 권 차장은 심지어 손까지 벌벌 떨고 있다.

"이 개잡주! 아, 이럴 줄 알았어! 어쩔 거예요, 차장님! 3만 원 간다면서요!"

시퍼런 차장 얼굴과 대비되는 시뻘건 박 대리 얼굴.

"분명히 간다고 했는데…. 미안, 너희들 볼 면목이 없다. 진짜로 진짜로…. 미안하다."

늘 싱글벙글 자신감 넘치는 기세던 권 차장이 떨고 있다. ○○테크가 잘 되면 전셋집 탈출 좀 해 보겠다던 권 차장. 그날 퇴근길, 주차장 구석에 위치한 구형 아반떼로 향하는 10년 차 투자자, 권 차장의 어깨가 한없이 쓸쓸해 보였다. 한동안 설거지 당한 ○○테크에 전 재산을 몰빵한 권 차장 이야기가 티타임 주제였다. 주식 투자에 성공해서 전셋집에 가고 싶던 오 양도, 학군 괜찮은 자가에 가고 싶던 권 차장도. 꿈을 이루지 못했다. 주식이 이렇게 어려울진대, 내 집 마련은 또 얼마나 어려울까?

커피 딜레마

　오 양은 고등학생 때부터 커피를 즐겨 마셨다. 수험생이던 고등학생 시절에는 편의점에서 파는 '서울우유 삼각 커피우유' 혹은 '매일 카페라테 컵 커피'가 주된 메뉴였다. 적당한 단맛과 고소함이 어우러진 편의점 커피는 길고 긴 야간 자율학습에 내리는 한 줄기 재미였다. 11시까지 야간 '자율'학습이라는 명목하에 자율적이지 않게 앉아있어야 했고 때에 따라서는 그 후에도 독서실에 가야 했기 때문에 커피 한 잔분의 카페인은 전혀 부담이 되지 않았다. 시험 기간을 앞두면 하루에 세 잔도 커피를 마셨다. 물론 그 시절에는 아메리카노가 아닌 설탕과 우유가 들어간 달콤한 편의점 커피를 골라가며 말이다.

　대학생이 된 다음에도 한동안은 커피라면 설탕 들어간 것만 취

급했다. 달달한 초코 소스가 듬뿍 들어간 카페 모카나 바닐라 라
떼 아니고서는 맛있다는 느낌이 들지 않았다. 혹시 여름에 아이스
아메리카노를 시킬 일이 있대도 설탕 시럽을 두 바퀴 추가로 두르
는 건 필수였다. 당과 카페인을 듬뿍 함유한 그 시절의 커피는 주
로 친구들과의 대화가 곁들여졌기에, 더 힘이 팍팍 솟는 마법의
음료였다.

　본격적으로 취업을 준비하며 인생이 달달한 것만은 아니라는
사실을 깨달을 즈음, 오 양은 시럽이 들어가지 않은 커피를 입에
대기 시작했다. '즐거운 대학생'이라는 타이틀은 취업이라는 시련
앞에 순식간에 날아가 버렸다. 다시 대학 입시 못지않은, 아니 더
더욱 좁고 치열한 '취업'이라는 문이 오 양을 기다렸다. 매일 아침
학교 도서관으로 향하는 길에 1,500원짜리 아이스아메리카노 한
잔을 사기 시작했다. 유난히 돌같이 단단한 얼음을 쓰는지, 시원
함이 오래가는 한 카페를 발견하고는 그곳의 도장을 10장 모아 1
잔의 아이스아메리카노로 바꾸기만을 기다렸다. 이때쯤부터는
커피가 다시 기호 식품보다 생명수의 기능을 하기 시작했기 때문
에, 맛은 그다지 중요하지 않았다. 그리고 어쩐지 그 무렵부터 우
유나 시럽이 들어간 라테는 먹고 나서 입안이 텁텁한 것 같기도
했다. 여름에는 차가운 아메리카노, 겨울에는 따뜻한 아메리카노
에 정착하며 오 양의 커피 유목민 시대는 끝이 났다. 한 모금, 두
모금 빨아도 줄어들지 않는 거대한 사이즈의 아이스아메리카노

는 답답한 도서관 공기 사이에서 접촉하는 유일한 바깥세상이었다. 오 양은 커피와 참 잘 맞는 체질인 것 같았다. 누군가는 커피를 마시면 심장이 두근거려 밤에 잠도 이룰 수 없다고 했다. 믿을 수가 없었다. 오 양에게 커피란 '시원한 혹은 따듯한 리프레시 물질', 그 이상도 그 이하도 아니었기 때문이다.

20대 중후반에, 취준생에서 회사원으로 가까스로 전직한 오 양. 이와 동시에 자취 라이프도 시작되고 말았다. 회사원의 시간은 고무줄과 같았다. 아침에 머리 감고 말리는 시간은 엄청나게 순식간에 지나가서 아침밥조차 한 숟갈 먹지 못했는데 회사에 앉아있는 오후 시간은 믿을 수 없이 느리게 흘러갔다. 매일 아침 '출근 준비'라는 나와의 전투 가운데, 아침밥 챙겨 먹기란 결코 만만한 일이 아니었다. 거의 매일 아침밥을 건너뛴 채, 회사에 도착해서야 아이스아메리카노 한 잔을 흘려보내며 위장에 인사를 했다. 회사는 취준생 시절에 꾸역꾸역 버티던 도서관보다도 가슴이 답답한 날이 많기에, 겨울에도 무조건 아이스아메리카노를 사 들고 들어가야 했다. 한 1년쯤 지났을까? 어김없이 큰 컵에 든 까맣고 차가운 각성제를 쪽쪽 빨며 모니터만 응시하던 아침이었다.

'이 느낌은 뭐지?'

생전 느껴본 적 없던 감각이 복부 깊은 곳에서 느껴졌다. 작은 쇠갈고리 같은 것이 장기를 살살 긁는 것 같았다. 대수롭지 않게 여기며 다시 한번 차가운 각성제를 쪼-옥 흡입했다. 두어 번 커피를 더 빨아들였더니 이번에는 그 갈고리가 뱃속을 벅벅 긁는 것 같았다. 동시에 윗배가 뒤틀리는 느낌이 들었다.

'어제 매운 거 먹었나? 아닌데? 보통 밥 먹었는데? 그럼 오늘? 먹은 건 커피뿐인데?'

'커피 속 쓰림' 따위를 검색했다. 커피는 산성 물질로 공복에 마시는 일은 지양하는 게 좋다고 했다.

'아, 커피는 산성이구나….'

뭐든 똥인지 카레인지 경험해 봐야 아는 오 양. 커피가 pH5인 '산성' 물질임을 1년간의 생체 실험으로 알아내고야 말았다.

'빈속에 커피 마시면 안 되는구나….'

그 뒤로 오 양은 바쁜 아침 시간을 쪼개어 아침밥을 먹기 시작했다. 물론 '밥'은 아니고 위를 채울 수 있는 무언가 말이다. 우유에 시리얼이 가장 만만한 메뉴였고 잼 바른 토스트나 작은 레토르트 죽도 간편하게 먹기 좋았다. 머리를 말리면서 시리얼도 떠먹을 수 없을 지경으로 바쁜 아침에는 회사 밑 편의점에서 삼각김밥이라도 사 먹었다. '빈속'을 만들지 않는 게 핵심이었기 때문이다.

'빈속에 커피 안 마시기.'

전략은 초반에 성공적인 듯 보였다. 작은 양이지만 탄수화물로 코팅된 위는 이전보다 강력하게 약산성의 까만 물을 받아들일 준비가 되어 있었다. 오 양은 다시 안심하고 커피를 마시기 시작했다. 보통의 커피 루틴은 이랬다.

출근과 동시에 1잔
점심 식사를 마치고 1잔
3~4시 즈음 마지막으로 1잔.

회사에서 화가 나거나 속상한 일이 있으면 여기서 1~2잔 정도는 당연히 추가되기도 했다. 우울한 기분이 온몸을 휘감으면, 오양의 손은 재빨리 카누를 한 잔 준비해 그녀의 중추신경계를 달랬다. 탕비실 서랍을 드르륵 열어 소포장된 에이스를 뜨거운 카누에 곁들여 먹는다면, 더 빨리 기분이 진정되곤 했다. 압축된 탄수화물과 카페인의 조합은 믿을 수 없는 효능을 보였다. 아주 가끔 공차에 가서 버블티를 마시며 한눈팔기도 했지만. 그래도 가장 만만한 친구는 역시 커피였다.

일말의 죄책감 없이 커피를 네 잔 정도 들이킨 어느 날이었다. 고단한 하루를 유튜브와 함께 스르륵 마무리하려 누웠는데…. 어쩐지 잠이 전혀 오지 않았다. 아니, 몹시 피곤하긴 했다. 그런데 눈을 꼬옥 감아봐도 눈꺼풀이 통통하니 단단해지더니 다시 벌어지려 했다. 평소에 머리만 대면 자는 오 양. 그저 그런 유튜브 영상까지 곁들였는데 잠이 오지 않는다니. 새벽 2시 아니, 3시까지 잠이 오지도 안 오지도 않는 '슈뢰딩거 오 양'의 상태가 지속되었다.

'이거 보통 일이 아니다!'

평소 지나치게 잘 자는 편인 오 양. 처음으로 불면증 환자의 기분을 체감했다.

'설마 커피 많이 마셔서…?'

몇 번이나 뜬눈으로 밤을 지새우며 호되게 카페인의 무서움을 체험한 오 양. 커피를 '조심히' 마시게 되었다. 오후 5시 이후로는 입에 대지 않다가 그 시간은 4시로, 3시로 당겨졌다. 지금은 마지 노선이 3시지만 시간이 흐르면 더 당겨질 수도 있을 것 같다.

"나는 카페인이랑 아~무 상관없어!"

호기롭게 떵떵거리던 오 양의 10년짜리 커피 연대기. 커피를 마시면 속 쓰리고 잠 못 이루지만, 안 마시자면 힘이 안 나는 회사원 오 양. 앞으로 얼마나 커피를 더 마실 수 있을까?

단톡 지옥

오 양이 입사했을 무렵은 '주말엔 회사 사람들에게 카톡하면 별로다'라는 합의가 사회적으로 완전히 정립되기 전이었다. 회사를 다니기 시작하자 자연스럽게 다양한 단톡방에 초대가 되었는데,

부장 포함 전체 단톡방
부장 빼고 단톡방
부장 차장 빼고 단톡방
부장 차장 과장 빼고 단톡방
입사 동기 단톡방
타부서 인원까지 같은 프로젝트 단위 단톡방 등등.

회사 관련 단톡방이 9개나 생성될 수 있다는 사실이 놀랍지 않을 수 없었다. 20대부터 50대까지를 아우르는 이러한 단톡방에는 참으로 다양한 주제들이 올라왔다. 주말이면 부장의 골프장 라운딩 사진, 명산 투어 사진이 별 맥락 없이 올라왔고 종종 다른 집 아이의 성장 과정도 이 방을 통해 알 수가 있었다. 처음에는 카톡 메시지를 바로 읽은 때에도, '과연 어떤 대답을 해야 적절할까?' 알 수가 없어 선배들의 답변을 기다리곤 했다. 사회생활에 적절하지 못하게도, 영혼 없는 칭찬에는 덜 능숙했던 때였다. '웬 느끼하게 생긴 회사원 캐릭터가 정장 안주머니로부터 하트 꺼내는 이모티콘' 혹은 '귀여운 동물 캐릭터가 눈을 반짝이며 엄지 척 날리는 이모티콘'을 부장에게 거리낌 없이 날리는 동료들을 보며, 학습이라면 학습을 했다. 이모티콘 스토어로 향하여 비슷한 류의 이모티콘을 구매했고 조용히 눈에 띄지 않을 법한, 비슷한 류의 대답을 날렸다.

다행이다. 지난 몇 년간 '퇴근 후 끊임없는 카톡 역시 부당 업무 지시가 아닌가?' 하는 합의가 잔잔하지만 꾸준히 이뤄진 덕에 요즘에는 쉬는 날에 맥락 없는 사진을 보내는 상사가 그리 많지 않다. 어쩌면 '라떼'설이 높은 분들의 귀에도 쉼 없이 박힌 덕에 '이러면 내가 꼰대인가?' 하는 얇직한 심리적 마지노선이 그들에게도 생긴 것 같다. 그럼에도 높은 사람들의 '단체' 카톡방 사랑은 멈추지 않는 듯했다. 한 날은 알 수 없는 모임에서 영감을 받고 온 부장이 이런 제의를 했다.

"우리 부서도 '부서 밴드'를 하나 만들면 어떤가?"

"네! 좋습니다."

"오, 좋네요….'

팀원들 표정이 그리 밝지는 않았는지 부장님의 갑작스러운 꿈이었던 '부서 밴드' 구성은 결국 실현되지 못했다. 이미 단톡방이 120%만큼 그 기능을 충실히 이행하고 있는데, 어째서 밴드까지 만들고 싶다고 생각한 것인지 오 양은 아직 이해할 수가 없었다. 그들이 오 양의 마음을 100% 이해할 순 없듯, 저 역시 그들의 감성을 100% 이해할 순 없는 거겠지. 어딘가에서 '회사 단톡 말실수 짤'을 보고 킬킬대던 오 양. 입장 바꾸어 생각하니 간담이 서늘해졌다. 애인에게 보내는 아침 인사, 친구에게 보내는 상사 뒷담화가 옳지 않은 곳에 전달된 사진들이었다. 머리털이 쭈뼛쭈뼛 서고 자연스레 감정이 이입되어버리는 상황들에, 오 양은 나름의 자구책을 마련했다. 나는! 절대! 그런 실수를 하지 않으리라는 결연한 다짐으로 〈절대 말실수 금지! 절대 말실수 금지! 절대 말실수 금지!〉라고 도배된 사진을 업무 관련 채팅창의 배경으로 온통 설정해 뒀다. 다행히 격렬하게 울부짖는 붉은 궁서체의 경고 덕분에, 아직까지 오 양이 회사 단톡방에서 말실수한 적은 없다.

어쩌다 보니 회사생활 5년 차, 오 양의 카톡 대화방 상단에는 친구들과의 '대화'방보다 회사 '소통'방이 더 많이 눈에 띈다. 그 많은 단톡방에 말이 끊이지를 않는다. 쉴 새 없이 쌓이는 대화 창의 스크롤을 마주하자면 '과연 카톡이 없던 시절에 회사란 어떻게 굴러갔는가?' 하는 실없는 의문이 든다. 카톡이 등장하기 전 문자 메시지가 없을 때는? 아니, 휴대전화가 없을 때는? 그렇다면 집 전화가 발명되기 전에는?

스마트폰이 널리 보급된 지 10년도 훌쩍 넘은 지금, 그 시절의 회사를 기억하는 사람이 많지는 않은 것 같다. 이럴 거면 사내 메신저는 대체 왜 비싼 돈 주고 산 걸까? 아니야, 긍정적으로 생각을 해 보자. 전화보다는 카톡이 낫잖아. 늦은 밤 갑자기 휴대전화에 부장 전화가 찍히는 것보다야 카톡이 낫지. 그래, 그 시절보다는 지금이 나은 것 같기도 하다. 오 양의 세대에게 카톡이란, 메신저의 기능과 약간의 SNS 역할을 겸했었다. 대학에 입학하고 스마트폰을 마련한 오 양은 그간 잘 나온 사진을 종종 '카톡 프로필 사진'으로 걸곤 했다. 어디를 갔고, 무엇을 먹었고, 옛 생김새가 어떠했는지 하는, 몇 년 치의 사진 연대기는 입사 직전에 모두 공중분해 되었다. 그 기록이 지난날의 자신을 일말의 필터 없이 모두에게 낱낱이 알리는 것 같아, 어쩐지 부끄러운 마음이 들었기 때문이다(그리고 나니 멀티프로필이라는 기능이 생겼다). 이제 오 양은 아주 가끔 '인생샷'을 건져도 회사 사람이 모두 본다는 생각에 가벼운 마음으로 프로필 사진을 갈아치울 수가 없다. 메신저 사진 하나 변경하는데도 소심스러운 심사숙고가 필요한 요즘이다. 세기의

K-발명품, 카카오톡. 초기 개발자들은 카카오톡으로 인해 회사생활에서 이런 병폐가 일어나리라고 생각이나 해봤을까? 아마 아니겠지.

'걔네도 한국인에게 최적화될 메신저가 가져오는 장점만 바라봤을 거야. 분명 좋게 좋게 생각하고 개발했겠지. 근데 카카오톡 직원들도 이런 고민을 할까? 걔네는 업무 메신저도 카톡일 거 아니야. 와, 정말 별로다. 아니야, 걔네는 이미 회사 안에서 현명하게 쓰자고 합의했을 거야. 우리보다 훨씬 심했을 테니까. 근데 왜 얘들 몰래 나가기 기능은 안 만들어주지? 자기들은 그런 생각 안 드나?'

100개도 넘게 쌓인 멘트들을 타고 내려가기 전 부질없는 생각을 해 본다. 모두 알람이 울리지 않게 설정해 두긴 했지만 그래도 카톡방마다 시뻘겋게 뜬 두 자릿수 숫자를 보니 한숨이 난다. 혹시 나를 찾는 멘트가 있을까 봐, 오늘도 두둑이 쌓인 카톡을 빠른 속도로나마 읽어보긴 해야 할 것 같다. 꽤 자주 집단적 독백이 이뤄지는 그 방에서는 대화의 화두도 대단히 빠르게 변한다. 두 번 읽고 싶지 않기에 흐름을 잘 파악해야 한다. 사실 직접적으로 오양을 찾는 경우는 거의 없지만 혹시나 나와 관련된 문구를 한 마디라도 놓칠세라 검지로 쉴 새 없이 스크롤을 내리고 눈알로는 빠르게 내용을 훑는다.

한 방은 다 읽었고… 그럼 다음 방으로….

PART 2

'딱 평균'의
어려움

- -
- -
- -

헤게모니 대 이동의 슬픔

회사를 50여 미터 앞둔 곳에 꼭 건너야 하는 건널목이 있다. 회사에 거의 다 도착했을 무렵엔 늘 마음이 급하다. 그 건널목에서 기다리는 동안 눈이 빠지게 빨간 등을 노려보다가, 초록 등이 들어옴과 동시에 오른발을 아스팔트 위로 내딛곤 했다. 같은 출발선상에 선 신호등 레이서 중에서 내가 가장 먼저 스타트를 끊으리라 다짐한 듯, 그 시간은 매번 다른 레이서들과 이유 없는 혼자만의 경쟁을 벌였다.

지나치게 깨끗한 늦가을 하늘이 뜬 날, 매일 벌이던 빨간 등과의 눈싸움을 잊은 채 하늘을 쳐다봤다. 구름이 한 점도 없어서 그 높이가 가늠조차 안 되는 하늘이었다. 쳐다보는 하늘이라곤 컴퓨터 바탕화면 속 하늘뿐이었는데…. 화면과 실물을 비교하자니 미안

했다. 어째 자연물이 티끌 하나 없을 수 있을까. 감탄하며 넋을 놓고 올려다봤다. 문득 정신을 차려보니 이미 나의 경쟁자들은 건널목을 1/3가량 건너있었다. 그제야 뒤늦게 오른발을 건널목 위에 뻗었다. 1/3만큼이나 늦은 출발이었지만, 초록 등이 깜빡이기 시작할 즈음에 여유롭게 반대편에 도착했다. 길을 다 건너고도 한참 동안 등 뒤로 초록 등이 깜빡였다. 사실은 전혀 서두르지 않아도 되는 일이었나 보다. 잠깐 하늘을 쳐다보며 시간을 써도 회사에 제시간에 도착할 수 있다니. 마음만 조급하게 만드는 쓸데없는 신호등 경쟁 따위는 내일부터 관둬야겠다는, 어쩐지 우연히 큰 깨달음을 얻은 아침이었다.

점심 먹고 회사에서 오후 일과를 시작하려는데 아빠에게서 한 통의 전화가 걸려 왔다.

"외할머니 돌아가실 것 같다. 얼른 병원으로 와라."

믿을 수 없는 소식에 오후 반차를 냈다. 유난히 평화롭던 어느 날, 내 마음에 날아든 외계 운석 같은 비보. 외할머니는 꽤 오랫동안 여러 곳이 아팠다. 아픈 할머니를 돌보는 일은 누구에게나 쉽지 않은 일이었다. 할머니 혹은 자신의 어머니를 돌보는 일에 모두가 무척 적극적이지는 않았지만, 그렇다고 해서 할머니가 돌아가셔도 괜찮다는 말은 아니었다. 이토록 갑자기 돌아가실 거라곤 아무도 상상하지 못했다. 오늘은 우연히 옷도 검정 슬랙스에 짙은 밤색 니트를 입고 왔다. 회사에서 뛰쳐나와 그대로 서울역으로 향했다. KTX를 타고 집으로 내려가는 동안에도 할머니가 돌아가셨다는 소식이 현실 같지는 않았다. 시간은 정직하게 흘러 역에 도착했고 아빠에게 다시 전화를 걸었다.

"A병원 장례식장으로 곧장 와라."

결국 할머니의 임종을 지키지 못했다. 우리 엄마는 2남 2녀의 막내딸이었다. 그 막내딸이 시집가서 낳은 딸과 아들, 그러니까 나와 동생을 할머니는 많이 귀여워했다. 내 기억이 시작될 때부터 사촌 오빠와 언니들은 이미 커다랬다. 아마 이 집안에 마지막일 유치원생. 밥 안 먹는다고 떼쓰는 5살 동생이 밉지도 않은지, 김에 싼 밥을 한 시간 동안 쫓아다니며 먹이던 할머니다. 서울에서 회사 다닌답시고, 찾아뵙지 않은 지가 오래다. 결국 이렇게 마지막 인사를 드리게 되다니. 장례식장에 도착했더니 엄마와 이모는 쓰러지기 직전이었다. 내 눈에는 늘 어른이었던 엄마가 몸도 가누지 못하고 땅을 치며 큰 소리로 운다. 더 어른이라고 생각해왔던 이모도 마찬가지였다.

"엄…마… 엄마…. 엄마! 어엄마!"

외할머니의 이름은 할머니인 줄 알았는데, 엄마에게는 엄마였나 보다. '엄마'가 '엄마'를 목놓아 부르는 장면이 이제야 엄청나게 생소하게 느껴졌다.

"아버지도 가셨는데 엄마마저 이렇게 가면 어떻게 하라고…."

머리가 새하얗게 센, 회사에서 은퇴한 지 오래인 외삼촌도 엄마를 부르며 울었다. 검은 옷을 입어서일까, 모두 바닥 가까이에서 웅크린 채 울고만 있어서일까. 집안의 어른들이 그날은 유독 작아 보였다. 엄마가 너무 슬퍼할 것 같아서 그 뒤로 몇 주간 주말에는 본가에 갔다. 장례식장에서는 어른들이 작아 보이더니 그다음 주말에는 부모가 부쩍 나이 들어 보이기 시작했다. 아빠는 염색하기 귀찮다며 허여멀건 머리를 그대로 휘날려 더 늙어 보였고, 끝없이 울던 엄마는 얼굴의 갖은 주름이 부쩍 더 깊어진 것 같았다.

한번은 주말에 엄마와 부산으로 여행을 갔다. 부산으로 향하는 기차표, 숙소, 맛집 찾기. 당연히 모두 내 몫이었다. 그 정도쯤은 사실 별것도 아니었다. 우리 집에서 기차로 1시간이면 향하는 부산을 아주 오랜만에 갔다며, 엄마가 오래간만에 슬픔이 빠진 웃음을 지었다. 멋있는 바다를 보고 맛있는 회를 먹고 근사한 숙소에서 맥주 한 잔을 기울이는데, 엄마가 내게 이런 말을 했다.

"네가 어렸을 때는 엄마랑 아빠가 너희를 태워서 데리고 다녔는데, 이제는 네가 우리를 데리고 어디든 다니는구나."

당시에는 아무렇지 않게 대꾸하고 말았지만, 서울로 돌아오는 길에 그 말을 찬찬히 곱씹으니 참을 수 없이 눈물이 쏟아졌다. 엄마가 담담하게 내뱉은 말은 많은 것을 함축하고 있었다. 이제 부모는 그다지 젊지 않고 나는 어리지 않다. 이제 부모도 늙고 나도 '늙는' 중이다. 한 세대를 30년쯤으로 잡는다면, 이제 부모의 시대는 가고 다음 시대가 오고 있었다. 아직은 어리다고 외치며 부모의 그늘에 기대기를 바랐지만, 이제는 세계의 주도권이 교체되는 때가 오고야 만 것이다.

30년간 부모는 틀림없는 내 보호자였다. 이제 내가 그들의 보호자가 될 수도 있다는 사실이 소름 돋게 슬펐다. 밥벌이는 시작했지만 '어른'이 되는 것은 억지로 외면해 왔다. 원치 않아도 다가오고야 마는 어른의 삶을, 이제는 거부할 수가 없다는 사실 역시 너무나 두려웠다.

호모 유튭엔스

'워크 앤 라이프' 밸런스를 추구하고픈 나. 일이란 녀석은 끊임없이 나의 라이프를 잠식해 오려 시도하기에, 나는 무척 적극적으로 그 공격을 방어해야 했다. 일과 취미의 진정한 양립을 위해 5년간 시도한 '취미 연대기'는 다음과 같다. 이 시도들은 모두 현대인의 가장 손쉬운 취미, '유튜브 시청'에서 벗어나기 위한 발버둥이기도 했다.

특별한 취미를 가지지 못한 채 직장인이 된 후로 한때는 주말만 바라봤다. 탁 트인 동해안, 처음 밟아보는 산의 단풍 든 풍경, 매체에서만 보던 서울의 명소. 주말마다 어디든 작게 여행할 수 있는 시간과 돈이 있어 만족스러웠다. 주말 나들이가 취미라 여기고 산 지 1년쯤 지났을까, 끝날 듯 끝나질 않는 월요일부터 금요일까지가 불행하게 느껴지기 시작했다. 아마 내 인생의 대부분을 차지할 '일하는 5일'도 빛내줄 취미가 필요할 즈음이었다.

다음으로 도전한 취미는 각종 운동이었다. 이전에 운동을 즐기진 않았지만, 회사원이 된 뒤로 몸뚱이가 내는 신음을 외면할 수가 없었다. 움직이며 땀을 낸 뒤 미지근한 물로 몸을 씻어내자면, 하루를 일부라도 주체적으로 살아낸 것 같아 뿌듯했다. 가장 먼저 도전한 운동은 요가였다. 요가는 운동으로 접근했지만, 마음을 정돈하는 데도 도움을 줬다. 첫 요가 학원은 1시간의 동작을 마치면 늘 마지막으로 '송장 자세'를 시켰다. 이름만 무시무시하지, 실제로는 최고로 편안한 자세다. 한 시간 동안 이리 찢고 저리 비튼 다음, 송장처럼 바닥에 축 늘어져 누워있자면, 작고 납작한 매트 위가 에이스침대보다도 평온하게 느껴졌다. 회사나 사람 사이에서 있었던 속상한 일, 상처가 되었던 말은 머릿속을 둥둥 떠다니다가 바닥에 드러누운 나와 함께 찬찬히 가라앉기도 했다.

다음으로는 배드민턴을 시도했다. 회사 선배가 먼저 다니던 동네 배드민턴 동호회에 입사 동기와 함께 가입했다. 다니는 동안 꾸준하게 레슨을 받았는데, 그만두는 날까지도 공을 쭉쭉 날리지는 못했던 기억이다. 내 운동 신경 레벨만 적나라하게 알려준 종목이었다. 배드민턴 동호회는 본래 의도였던 '운동'보다 친목의 성격이 조금 더 강해서 오래 다니지는 못했다. 구기 종목은 '장비-빨'이라는 꼬임에, 가볍고 비싼 라켓만 여러 개 쟁이고 포기한 아픈 취미였다. 그 뒤로 한 1년 동안 아무 운동도 하지 않았다. 이십 대 후반에 접어들며, 약간의 피로감은 일상 속 거의 기본값이 되었다. 다가올 삼십 대를 든든하게 맞이하고 싶어서 29.9세에는 크로스핏 체육관에 등록했다. 헬스와 기계체조의 갖은 동작을 섞어 짧은 시간, 고강도로 실시하는 크로스핏. 의외로 운동 유목민의 여러 니즈를 충족해줬다. 매일 체육관에 가면 정해진 운동 루틴이 있고 그대로 따라 하면 일주일 동안 전신을 적절히 운동시킬 수 있었다. 어차피 이번 생에 몸짱은 못 될 것 같고, 일상이 지치지 않을 만큼 생존 근육을 붙이기를 희망하기에. 그다지 적극적이지는 않게 참여하는 주 3회의 크로스핏은 적당한 강도의 종합 운동이 되어줬다. 운동이 진행되는 20~30분 동안은 숨이 턱 끝까지 차게 힘들지만, 돌아오는 길에 펌핑된 허벅지와 엉덩이 근육의 존재가 '네 몸 역시 살아는 있음'을 알려줘서 좋았다.

지역 문화센터에서 하는 분기별 클래스나 원데이 클래스를 기웃거리기도 했다. 잘하는 것은 딱히 없지만 호기심은 막대한 편이다. 베이킹, 라탄 공예, 연필 소묘를 배워보며 지속 가능할 새 취미를 모색했다. 결국 그 셋 가운데는 정착한 취미는 없었지만. 그래서 결국 돌아온 취미는 침대에 누워 유튜브 뒤적이기. 사실 그 시간이면 영화를 볼 수도 있었다. 하지만 영화보다 더 긴 하루를 마치고 침대에 누운 나는, 영화의 긴 호흡을 즐길 힘이 전혀 남지 않았다. 그저 3분짜리 인스턴트 영상만 이것저것 기웃거리다 잠들곤 했다. 유튜브 알고리즘을 계속 새로고침하며 저녁 시간을 시끌 벅적하게 채워 줄 영상을 찾던 어느 날, 유튜브를 보다가 잠들겠 다고 마음먹었지만, 사실은 너무나도 지루했나 보다. 다시 한번 새로고침을 위해 손가락으로 스마트폰 화면을 아래로 당기는 동 안 번뜩 이런 생각이 들었다.

'내가 정말로 멍청해지고 있다.'

늦은 시간 불 꺼진 방 안. 생산적이거나 남들 잘사는 내용은 보 고 싶지가 않아서 시간을 자극적으로 소비해줄 영상만 찾고 있었 기 때문일까?

'아! 너무 지겹다!'

최고로 재미있게 편집된 비슷비슷한 영상이 지겹게 느껴졌다. 어떤 주말에는 또 다른 취미를 찾아, 잘 들르지도 않던 서점에 갔 다. '독서'라는 대단히 많은 정신적 에너지가 드는 취미. 이불 속에 서는 도저히 실천할 수가 없을 것 같았기 때문이다. 주말에 굳이 시간을 내어 서점에 방문하는 사람이 꽤 많다는 사실에 일차적 자 극을 받고, 서점 귀퉁이에 앉아 마음에 드는 책을 뒤적이는 내 모 습이 마음에 들어 또 한번 기분이 좋았다. 가볍게나마 끌리는 책 을 사 와서 읽다 보니 나도 하고 싶은 말이 떠올랐다. 하고 싶은 말을 책 모퉁이에 연필로 끄적이다가, 칸이 부족해 노트를 꺼냈 다. 그리고 보니 예전부터 참 하고픈 말이 많았나 보다. 휴대전화 메모장에도 이미 꽤 많은 말이 끄적여져 있어 놀랐다. 시간을 내

어 몇 년 전부터 차곡차곡 쌓여온 기억 조각을 다시 읽어보자니,

나는 이런 사람이었지,
이런 걸 좋아했지,
어릴 때는 이랬었는데 지금은 이런 사람에 불과하지.
슬픈 감정도, 기쁜 마음도 들었다.

돌고 돌아 발견한 '일상에서 지속 가능할' 취미, 글 끄적이기. 행복하지만은 않았던 지난날을 기어이 꺼내 볼 때는 컴퓨터 자판 앞에서 눈물이 흐르기도 했다. 굳이 꺼내지 않는다면 묻어두고 잘 지냈을 수도 있을 텐데. 굳이 꺼내어 먼지 불고 다시 째려보다니. 좋은 기억은 무한히 칭찬해 주고, 좋지 않은 기억은 틈틈이 꺼내어 있는 그대로 종이에 남겼다. 몇몇 기억은 그렇게 한참을 째려보니 응어리의 무덤에서 제 발로 나가기도 했다.
'잘하고 있어. 좋아하는 일을 하면 행복할 거야.'
내 안에 남은 작은 아이가, 아주 오랜만에 듣는 칭찬에 입이 귀에 걸릴 만큼 큰 미소를 지었다. 직장생활 5년 차. 회사에 적응한 듯 적응 못한 듯 적응한 나는 호모 유튭엔스에서 벗어나서 진정으로 만족스러운 '취미'를 찾으려 노력하는 중이다. 주말에 억지로 서점에 가려 하고 퇴근 후에는 제발 노트북을 펴서 하고 싶은 말을 끄적이기를 바라며, 일주일에 3번은 운동하고 집에 돌아오려

고 한다. 이 모든 시도를 꾸준히 실천하는 일은 어렵고 유튜브 버
튼 클릭은 너무나 쉽다. 그래도 꼭 호모 유튭엔스에서 벗어나고
싶어, 오늘도 나는 몸부림을 친다.

숨구멍

회사에 다니는 '성인'이라고 해서 다 '어른'의 자격을 갖춘 건 아닌 모양이다. 양말을 이틀에 한 번씩 갈아신는 차장님도, 이해는 할 수 있다. 생활의 기준이 나와는 다르지만 사정이 있을 수도 있지 않을까? 종이컵에 티백 녹차를 우려먹고 꼭 제 책상 곁 파티션 위에 줄지어 세워두는 부장님도, 약간 밉긴 해도 받아들일 수는 있다. 차장님 양말보다는 조금 더 자주 거슬리는 부분이지만, 참을 수 없을 만큼 컵이 쌓이면 모조리 쓸어버려 간단히 해결할 수도 있으니까. 복사기의 A4용지는 어찌나 자주 떨어지는지 모르겠다. 어쩌면 복사기 녀석도 사람을 봐 가면서 배고픔을 호소하는 걸까. 왜 내가 가면 매번 종이가 똑 떨어져 있는지 모르겠다. 탕비실의 쓰레기통이 비닐류 쓰레기로 넘쳐흐르면 아무나 한 번만 밟아줬으면 좋겠다. 그러면 부피가 1/3로 훅 줄어버려서 쓴 휴지나 믹스커피 봉지가 간신히 휴지통에 붙어있다 바닥을 굴러다니는 일이 적을 텐데. 회사생활에서 이런 일은 그래도 모두 '이해 가능한' 범주에 속했다. 다름과 틀림은 구별해야 한다고 했다. 그렇지만 다름과 다름을 받아들이다가 틀림까지 수용하는 일은 막아야 했다.

행동보다 말만 우선인 사람을 보면 종종 내가 대신 버겁다는 기분이 든다. 능력도 뒷받침해줘서 그 거창한 계획을 얼른 실행하면 좋겠는데. 어느 정도의 공치사는 원만한 사회생활을 위해 필수적인 능력이라지만, 하는 일 없이 자기 자랑 혹은 남 뒷담화로 하루를 꽉 채우는 사람은 동료라고 부르기조차 힘겨울 때가 있다. 그의 모든 말은 "아니요, 그게 아니라요"로 시작된다. 희번덕거리는 눈빛과 어김없이 시작되는 은근한 삿대질도 빠질 리가 없다. 그는 정치, 사회, 투자, 업무, 육아 등등 세상에 모르는 일이 없다. 어떤 주제로 대화가 시작되든 그가 아는 모든 지식 조각은 탱탱볼처럼 그의 입 밖으로 튀어나온다. 처음에는 그 박식함이 진짜배기인가 싶어 귀 기울일 때도 있었지만, 이제는 그의 탁구 랠리 같은 '대화 받아치기'가 시작되면 나는 그냥 귀를 닫고 만다.

그는 세상 모든 어떤 주제가 나와도 이미 경험해봤으며 잘 안다고 했다. 그런 그가 하나 모르는 사실도 딱 하나 있는 것 같았다. 우리 부서원 가운데 자신의 평가가 어찌 되어가는지 말이다. 세상

만사를 다 안다고 주장하는 그. 자신을 제외한 세상 모든 일이 그저 불만이다. 누구는 옷차림이 왜 저렇고 머리는 왜 저렇게 수더분하냐고, 질문 형태를 띤 공격을 가한다. 회사 일에도 불만이 많다. 제 생각처럼 하면 되는데 다들 왜 그리 굼뜨게 업무를 하냐는 식이다. 실무자 입장에서는 그 방법이 가장 합리적이었으리라고, 다른 사람 입장 같은 건 결코 떠올려 볼 여력이 없어 뵌다(빈 수레가 요란하단 말이 맞는지. 그가 주장하는 방법은 대개 실체가 없었다).

회사에서 어쩔 수 없이 갖게 되는 티타임은 좋을 때도 싫을 때도 있었다. 스몰토크에서 비롯되는 유대를 경험했기에, 원치 않는 티타임 역시 직장인의 숙명이라고 여기며 살아가는 중이다. 티타임은 각자 이 작은 사회에서 겪는 고충을 털어놓는 성토회장이었다. 주로 업무상의 어려움을 털어놓으며 시작되는 이 시간은 종종 각자의 얕은 비밀까지 그 범위가 확장되었다. 선배들에게서는 더 높은 직급에서 오는 부담감, 일과 가정의 양립을 위해 기울이는 빡빡한 노력들, 그럼에도 개인적으로 포기하고 싶지 않은 목표를 들을 수 있어 종종 도움이 됐다. 공감으로 시작해 공감으로 끝나는 동기와의 대화는? 두말할 것도 없이 일과시간에 가장 짜릿한 '월급 루팡' 기회였다. 가장 짜릿한 '월급 루팡' 타임에 '세상만사를 다 아는 그'가 온다면? 야생에서 동물은 멀리 떨어진 곳에서부터 들려오는 맹수 발걸음 소리를 얼른 알아채야만 살아남는다. 회사라는 작은 야생 세계에 몸담은 이후로 자연스레 체득한 능력도 이와 유사하다. 발걸음 소리를 들으면 누구인지 알 수 있다. 특이하게도 신발을 끄는 동시에 털썩이는 발걸음을 구사하는 그. 역시 오늘도 멀리서부터 존재감이 대단하다.

"K 온다."

"왜 또…."

"오면 듣기만 해. 무슨 말 하면 우리도 다른 데 가서 까인다."

"오케이…."

유난히 발걸음이 터벅거리더니 역시 기분이 좋지 않다.

"있지, 부장이 나한테 뭐라는지 알아?"

"뭐라고 그러셨는데요?"

"업무 실적 써 간 거 보곤 다 반려래. 미친 자식 아니야."

"왜 안 된대요?"

"외부 사업 내가 따 온 게 얼마나 많은데 공식적인 루트로 들어온 게 아니라서 다 안 된다잖아."

외부 사업? 금시초문이다.

"와, 부장 새끼 마스크 벗으면 얼마나 얼굴 못생겼는지 알아? 그런 새끼가 부장이라고."

오늘은 뒷담화와 인신공격의 콤보다. 악에 찬 목소리로 털어놓는 남 뒷이야기만큼 영양가 없는 대화가 또 있을까. 어떻게 해야 이 자리를 얼른 벗어날 수 있을까? 하지만 그는 탕비실이라는 궁지에 몰린, 화풀이 들을 희생양을 방생할 생각이 없다. 옹달샘에

물 마시러 왔는데 하이에나에게 콱 잡힌 격이다. 불평과 불만 그리고 뒷담화가 끝이 없다.

'그만하라고 한마디 해 볼까? 미친 척하고?'

같이 잡힌 희생양이 조용히 아니라는 눈빛을 보낸다. '그러다가 너 역시 얼마나 가루가 되도록 까일지 모른다는' 합의가 0.1초 만에 눈과 눈 사이를 오갔다. 지옥의 30분이 흘렀다. 겨우 제 화를 모두 쏟아낸 그는 희생양들을 옹달샘 밖으로 풀어주었다. 3시간쯤만큼 진이 빠진 30분이었다. 사회에는 참 다양한 사람이 살아가는 모양이다. 모두가 모두를 이해할 순 없는 거겠지? 그대로 사무실을 빠져나가 통로로 나갔다. 아래로 살짝 열리도록 설계된 복도의 창문을 최대한 열었다. 감정의 쓰레기통이라는 서글픈 단어의 주인공이 된 것 같다.

"미친 새끼!"

한 뼘만큼 벌어진 회사 속 숨구멍으로 딱 한 마디를 내뱉으며 다 털어버리고 싶다. 그의 슬픔도 나의 시간 낭비도.

이 부장, 그 입 다물라

사랑스러운 금요일이다. 오늘 오전은 새로운 프로그램과 관련한 사내 연수가 계획되어 있다. 쌈박하게 교육만 듣고 일은 적당히 하고 오늘은 아주 깔끔하게 퇴근하고 싶다고 생각하며 출근을 했다. 자리에 도착해서 컴퓨터를 부팅시켰다. 카톡이 자동 로그인조차 되기 전에, 사내 메시지가 연속으로 창을 띄운다. 무려 5통의 메시지가 간밤에 날아와 있다.

'어제도 많이들 야근했나 보구나….'

메시지창을 하나씩 전체 화면으로 키워 읽어보려 한다.

'첫 번째 메시지는 나랑 관련 없고, 두 번째는 이따가 꼼꼼하게 읽어봐야 할 것 같으니 일단 내리고….'

'띠리링!'

9시가 1분 지나서부터 전화벨이 울린다. 아침에 오는 전화는 특히 공포스럽다.

'이 아침부터 나를 급하게 찾는 이유는…?'

"오 대리, 다다음주 주말에 별일 있어?"

"네? 주말 일정은 조금 봐야 할 것 같은데요….'

"그래? 보고 연락 줘."

전화를 끊으며 세 번째 메시지창을 키웠다.

'아 씨…. 이래서 전화 왔구나. 그럼 그렇지.'

연말마다 으레 있는 행사였다. 멋도 모르는 쌩-신입사원 때야 까라면 깠지만, 연탄 봉사의 실체를 아는 이상 '자원'은 절대 있을 수 없다. 올해도 역시 진정한 자원 희망자란 없는 모양이다. 저연차들에게 팀장이 전화를 돌리는 중이다. 주말 일정? 다이어리를 쳐다볼 필요도 없다. 저기에 끌려가면 봉사는 내 몫, 생색은 남의 몫이니까. 더는 자발적이지 않지만 '자원' 봉사라 불리는, 그 행사에 참여하고 싶지가 않다. 얼른 줌 프로그램을 열고 교육을 듣기 시작했다. 코로나19가 길어지며 좋은 점도 있다. 어지간한 교육은 비대면으로 하는데 완전히 적응되어 버렸다. 오늘은 정말 교육에 집중해 보려 했는데! 오늘따라 여기저기서 나를 찾는 요청이 많다.

"오 대리, 이 파일만 얼른 채워서 줄래?"

"오 대리, 그 캐비닛 열쇠가 어디 있더라?"

"우리 팀에서 연탄 봉사 갈 사람 제비뽑기 합시다. 10시 30분까지 모이세요."

역시 저연차들에게만 제비뽑기 메시지를 보냈나 보다. 당연히 제 발로 가겠다는 사람은 없었고. A4용지 한 장을 잘라 만든 조악한 제비뽑기 중에서 떨리는 손으로 한 장을 골라 들었다.

'아 젠장….'

나다. 이럴 때는 참 일심동체란 말이지. 팀원들은 내가 아니라서 다행이라는 표정으로 애써 위로를 건네며 자리로 흩어졌다. 오늘 줌으로 하는 교육은 잘 들어보려고 했는데, 도저히 집중이 안 된다. 먹는 모습이 미워 보이면 정말로 끝이라던데. 멀리서 팀장이 맥심을 호로록거리는 소리가 그렇게 거슬릴 수가 없다.

'왜 저렇게 얌체같이 마시는 거야? 회사에 커피 마시러 오나?'

'사랑의' 연탄 봉사 덕분에 동료를 '사랑하지 않게' 된다. 별로 먹고 싶지 않았던 메뉴로 점심 식사를 마쳤다. 오후 근무 시간이 시작되었다. 주간 업무 보고도 작성해야 하고, 어제 쓰다 만 기획안도 마무리해야 한다. 이번 주에 특별한 일이 없었으니 업무 보고는 지난주 것을 약간만 고쳐 써내야겠다. 기획안이 문제다. 처음 맡아보는 업무라 여기저기에 많이 물어보고, 스스로도 많이 찾아봤다. 지난번에 기획안을 구두 보고하러 갔을 때, 부장은 그날 따라 참 기분이 좋아 보였다. 사람 좋은 미소를 띠며 피드백을 줬던 기억이 난다. 많이 조사한 것 같다고 칭찬도 했던 것 같다. 오늘 지난번에 지적한 몇 가지를 고쳐서 최종적으로 대면 보고를 하려 한다. 바로 결재를 올릴까 싶었지만, 아무래도 한 번 더 묻는 게 좋을 것 같다.

"안녕하세요. 부장님! 지난번에 보고 드린 기획서 말씀하신 부분 고쳤습니다. 최종 검토 부탁드리겠습니다."

"음. 잠깐만 있어 봐."

A4용지에 인쇄해갔는데, 글씨체가 너무 작았던 모양이다. 요즘 눈이 잘 안 보인다며 인쇄물은 꼭 다초점 렌즈를 끼고 보는 이 부장. 길고 얄찍한 안경알 모양이 특이하다.

"시행 파트는 왜 이런 식으로 했지?"

"지난번에 말씀하신 내용을 반영했습니다…."

"글쎄, 너무 발전이 없는데?"

"첫 번째 보고 때는 절차를 지켜야 한다고 이렇게 고치라고 하셨던 것 같은데…."

"그게 무슨 소리야. 절차는 여기서 여기까지만 해도 충분하지."

"아니…."

'네가 말한 대로 다 바꿨는데 무슨 소리야, 이 아저씨야!'라는 말을 하고 싶었지만, 물론 내뱉을 수는 없었다. 오늘 이 부장 기분이 영 별로인지, 라떼 공격이 이어진다.

"내가 신입 때는 말이야, 회사에서 안 해 본 일이 없어. 그렇게 스스로 좀 알아보고 찾아보고 해야지. 그래야 발전이 빠른 거야.

회사에서는 그래야 발전하는 거라고. 근데 표정이 왜 그래? 이런 방향 저런 방향으로 생각해보자는 거지. 뭐 내가 아주 별로라고 했어? 봐주고 피드백해주면 '고맙습니다' 하고 냉큼 인사해도 부족하지. 회사가 뭐 아주 만만해?"

아, 눈치 좀 살피고 들어올걸…. 믹스커피와 담배 냄새가 섞이면 참기름에 절여진 땀난 발가락 냄새가 난다. 회사에 입사하고 안 신기한 사실이다. 정신이 아득해진다. 내가 회사 바닥으로 가라앉다 못해 지하실까지 끌려 들어가는 것 같다.

딱 평균의 어려움

　대체 어디서부터 잘못된 걸까. 내가 뭐 대통령 하겠다는 것도 아니고. 나는 딱 '보통 사람'처럼 살고 싶다. 어렸을 때 상상하던, '이 나이쯤 되었으면 이 정도는 되어 있겠구나' 싶은. 학창 시절에는 열심히 앉아 공부했고, 대학 시절에는 약간만 놀고 얼른 취업 준비도 했고, 이제 성실히 회사도 다녔으니, 이때쯤이면, 적어도 평균만큼은 되어 있을 줄 알았다. 저축도 적당히 했을 것 같았고, 국산 중형차 한 대쯤은 몰 줄 알았다. 엄마 아빠가 결혼했던 나이쯤 되었으니, 나도 마음에 꼭 드는 배우자와 함께 살고 있을 줄 알았다. 정신머리는 또 어떠한가. 서른쯤 되면 생각은 저절로 성숙해지고 행동은 자연스레 어른스러워지는 줄 알았건만, 여전히 세상 대부분의 일은 어렵고 마주한 결정 앞에선 혼란스럽기만 하다.

'오늘 회사 안 가면 어떻게 될까?' 하는 말도 안 되는 상상을 아침마다 한다. 그냥 안 가면 안 된다면, 오늘 회사 주변에 싱크홀이 생길 확률은? 오늘 지하철이 모두 멈추어 서버리는 탓에 회사에 정당하게 늦을 수 있는 확률은?

가까스로 도착한 회사에서도 별다를 것은 없다. 학생 시절에 담임 선생님을 따라 했듯 만만한 동기들 앞에서 부장의 성대모사를 해대며 분노를 삭인다. 야간 자율학습에 튈 때 그렇게 짜릿하더니, 근무 시간에 합법적 (혹은 합법적이지 않게) 외출하는 일이 여전히 가장 짜릿하다. 덤벙거리는 탓에 실수 연발인 성격 역시, 좀처럼 변하지가 않는다. 일상생활에서도 마찬가지다. 아직도 양말을 종종 그대로 벗어서 빨래통에 던져두는 바람에 신을 때마다 뒤집어서 신곤 한다. 옷은 옷걸이에 걸면 두 번 손이 안 가도 된다는 사실을 알지만, 지쳐서 번번이 허물 벗듯 땅에 벗어던지고 잊는다. 나도 매사에 여유로운, 멋진 어른이고 싶은데, 아직도 시간 관리에 실패해 종종 약속에 빠듯하게 도착하는 나는, 아직도 한참 먼 것 같다. 야식이 몸에 안 좋다는 사실을 안다. 밤에 라면을 하나 끓여 먹고 다음 날 후회를 한다. 퉁퉁 부은 얼굴에 파운데이션을 퍽퍽 눌러 바르며 늦은 후회를 해 보지만, 아마 다음번 유혹 앞에서도 같은 선택을 할 것 같다. 퇴근 시간에 앞뒤 물불 가리지 않고 정문으로 향하다가 종종 회사에 휴대전화를 두고 나온다. 다시 씩씩대면서 회사로 되돌아가자면 이보다 억울한 일이 없다. 어째 아직도 내 마음대로 되는 게 하나 없다.

'더 나이 들어서도 똑같으면 어쩌지?'

무서운 생각이 든다. 주변을 돌아보면 (물론 좋은 것만 눈에 들어오니까) 이미 많이 가진 사람도 있고, 최소한 꿈을 찾아 정진하는 사람도 있다. 나는? 이 모든 것에 가깝지 못한데, 아직 난 회사 안에서조차 완전히 자리 잡지 못한 것 같은데, 요즘 집값에 비하면 통장 속 잔고는 언제나 짤랑대는 수준이다. '서울' '중심' '신축' '아파트'에 살고 싶다는 말은 아닌데. 그냥 쾌적하게 살 만한 작은 집이라도 갖자면 도무지 계산이 서지 않는다. 일찍 결혼해서, 혹은 부모가 일찌감치 사 줘서 그 집만으로 이미 몇억 번 친구들을 보면 형용할 수 없는 서글픈 기분이 든다.

'돈보다 더 중요한 게 인생에 많다고. 남과 비교하지 말고 너만의 길을 가라고.'

아무리 이야기를 들어도 그 정도의 위안으로 안정을 되찾기에는 집값이 너무 많이 올라 버렸다. 입사한 지 5년밖에 되지 않았지만, 그간 회사 분위기도 많이 바뀌었다. 개인 용무로 연차 쓰기가 입사 초기만 해도 꽤 눈치 보이는 일이었다. 연차를 써 여행이라도 다녀오자면 두 손 가득한 선물은 필수였다. 바뀌려면 이렇게도 얼른 변할 수 있나 보다. 부동산 계약, 애인과의 여행을 목적으로 당당하게 연차를 요청하는 분위기가 요 몇 년 사이 정착된 걸 보면, 나조차 얼떨떨한 기분이 든다.

동기들과 솔직한 대화를 나눠보자면, 또 생각이 많아진다. 회사 분위기도 변했지만 우리의 마음가짐도 크게 바뀌었다. 동기들은 승진에 그리 목메지 않는 것 같다. 미래가 보장되지 않는 불투명한 시대 탓일까. 대부분 승진이라는 미래 가치보다 당장 통장에 확실한 돈이 꽂히는 재테크에 우선이다. 어떤 수단을 통해서라도 미래의 내 가치보다는 현재 내 자산 불리는 일이 최고 과업인 분위기다. 같은 마음이 들 때면, 이렇게 될 거 회사는 왜 그리 기를 쓰고 입사했나 싶지만, 입사를 통해 사회적 신용을 부여받고 투자의 발판으로 삼는 친구들이 점점 더 현명하게 느껴지는 것은 어쩔 수가 없다.

그렇다면, 나는 앞으로 무엇을 위해 열심히 살아야 할까? 회사 일? 나는 회사에서 매일 깨지기만 하는데? 회사 일은 나랑 안 맞는 것 같다. 이제 와 새로운 일을 찾자니 너무 늦은 것 같기도 하고, 일어나서 회사에 가고 야근하고 늦게 들어와서 집에 와서 기절하고 다음 날 아침 일어나서 회사에 가는, 이 굴레에서 벗어날 수가 없을 것 같다. 내 나름의 노력을 기울여보지만, 알아봐 주는 사람은 적고 작은 성과라도 퍼가려는 사람은 많다. 승진? 아직은 멀어 보이지만 이 역시 고민하지 않을 수 없는 문제다. 승진을 하자니 능력이 받쳐줄지 의문이고 안 하자니 이 역시 속상할 것 같다. 위에서 가장 크게 갈굼받고 아래로부터 속 썩는 부장의 얼굴이 그리 행복해 보이지도 않고. 개인 발전? 이렇게 일하고 모아도 서울에 있는 집 한 채는 영영 못 살 것 같은데. 열심히 하면 뭐하나? 나도 꿈꿔오던 평균만큼은 살고 싶은데 노력하면 평균에는 가까워질 수 있을까? 하고 싶은 일? 그런 건 더더욱 모르겠고.

회사 일이든 개인 발전을 위해서든 뭐든 열심히 하면 결국 평균만큼은 살 수 있을까? 당장 답을 알 수 없는 문제에 관해 생각이 닿으니, 아까 부장에게 까일 때 밀려오던 우울한 기운이 더욱 날뛰는 것 같다. 새까맣고 차가운 기운이 나를 침대 밑으로 끌어당긴다. 덮은 이불은 온몸을 짓누르는 것 같다. 나는 침대 밑으로 떨어지다 못해 3층에서 2층으로, 2층에서 1층으로, 1층에서 주차장으로, 주차장에서 땅속까지 끌려 들어간다.

119-오 양구조대

드디어 토요일이다. 눈을 뜨자 문득 집이 너무 지저분하게 느껴졌다. 침대에서 내려오자마자 발바닥에 알 수 없는 조각들이 밟혔다. 감촉이 좋지 않았다. 바닥을 내려다봤다. 머리카락은 어찌나 또 많이 떨어져 있는지. 바닥에 사방으로 머리카락이 흩어져 있다. 머리카락과 먼지가 엉겨 붙은 덩어리들은 방구석으로 굴러가 이미 자리를 잡아 버렸다. 이 모든 것을 무시하고 싱크대로 걸어가 물을 마시려 했지만, 걸어가는 찰나에 마른 발바닥에 저벅저벅 붙는 작은 조각들이 몹시 거슬렸다.

청소가 하고 싶어졌다. 창문을 활짝 열었다. 오랜만에 진공청소기를 꺼내어 들었다. 가장 강력한 흡입 모드로 설정한 뒤, 떨어진 모든 것을 빨아들여 버릴 기세로 바닥을 밀었다. 평소에 잘 청소하지 않던 침대 아래, 소파 아래까지 진공청소기로 모조리 쓸어냈다. 이 작은 공간을 청소했는데, 먼지 통에 머리카락과 회색 먼짓가루가 1/5은 찼다. 격정적이며 급하게 바닥 청소를 끝내고 청소기 흡입구를 다른 것으로 갈아 끼웠다. 창문을 열 때 창틀에 낀 시커먼 먼지가 눈에 들어왔기 때문이다. 사실 청소기를 사고 처음 써 보는 얇은 노즐이다. 브러시가 달린 얇은 틈새형 흡입구로 창틀에 낀 먼지를 쓸어내는 동시에 빨아들였다. 이름을 알 수 없는 깨알 같은 날벌레 두 마리와 이미 바싹하게 마른 무당벌레 한 마리도 치웠다. 베란다로 향하는 문틀을 청소하다 보니, 수북하게 쌓인 빨래가 눈에 들어왔다. 이번 주중에 빨래를 한 번도 하지 못했다. 수건, 양말, 속옷, 티셔츠가 혼자 살아도 어찌나 많이 나오는지 모르겠다. 소중하게 여기는 몇 가지 세탁물은 망에 넣고 나머지는 그대로 세탁기에 탈탈 털어 넣었다. '표준 세탁 모드' 버튼을 누르고 '시작' 버튼 누르기. '빨래하기'는 비교적 쉬운 것 같다. '빨래 개기'는 언제나 귀찮지만 말이다. 세탁기 돌아가는 소리가 요란했다. 블루투스 스피커로 더 크게 음악을 틀었다.

어제 퇴근하고 돌아와서 원피스와 코트를 동시에 허물처럼 벗어던졌다. 곤충도 제 허물을 먹어 치우며 흔적을 감춘다는데 어제는 허물을 탁탁 펴서 옷걸이에 걸어 둘 힘조차 남지 않았다. 청소기를 돌리기 위해 발로 척- 밀어둔 옷을 옷걸이에 걸어줘야겠다. 어깨 각을 맞추어 옷걸이에 옷을 걸었다. 외투는 외투 쪽에, 원피스는 원피스 쪽에 걸었다. 옷을 막 섞어두면 아침에 입을 옷이 잘 눈에 띄지 않아서 종류별로 분류하자고 마음먹었었는데. 역시 몇 주 지나니 무용지물이 되었다. 마음을 다잡으며 엉망진창으로 섞인 행거 위를 바로잡아 본다. 청바지는 짧은 것과 긴 것을 구분해 걸고, 면바지는 색깔별로, 니트는 어깨가 늘어나지 않게 옷걸이에 둘러서 정리했다. 떨어진 옷을 치우다가 옷 밑에 깔린 양말 한 쌍이 발견되었다. 얼른 세탁기 일시 정지 버튼을 눌렀다. 잽싸게 세탁기 문을 열고 양말 한 쌍을 그 안에 집어넣었다. 아직 빨래를 돌리기 시작된 지 얼마 되지 않았으니, 마지막에 들어간 양말 한 쌍도 문제없이 잘 빨릴 것 같다.

아주 간만에 바닥도 닦아야겠다는 다짐이 섰다. 베이킹소다가 함유되어 청소 효과가 좋다고 광고하기에 집어왔지만 거의 새것인 물걸레 포를 한 장 꺼냈다. 더 새것 같은 밀대에 붙이고 그 끝을 끼웠다. 그간 방치한 방바닥에 사죄하는 마음으로 밀대를 박박 밀었다. 나름대로 꼼꼼히 청소기를 돌렸는데도 닦으니 또 먼지가 나온다. 방바닥을 다 닦고 나니, 물걸레 포의 네 귀퉁이가 새카매졌다.

'와 닦기를 잘했다.'

물걸레 포를 밀대에서 뜯어내, 돌돌 말아 쓰레기통으로 골인시켰다. 이 모든 것을 마치고 화장실에 들어갔더니 또 슬금슬금 곰팡이 기운이 느껴진다. 겨울이라서 방심했더니. 아, 청소는 끝이 없다. 먼지라면 애써 외면할 수 있지만 곰팡이라면 이야기가 달라진다. 뿌리기면 하면 곰팡이가 스르륵 사라진다는 곰팡이 제거제를 꺼내 들었다. 욕실 바닥과 물이 닿는 구석구석에 아낌없이 그 액체를 뿌렸다. 화장실도 청소해야 하는 줄 미리 알았다면 더 좋았겠다. 다른 곳을 청소하기 전에 락스를 미리 뿌려뒀을 텐데. 늦게 알았으니 어쩔 수가 없다. 화장실을 30분 방치하는 동안 물티슈로 곳곳에 앉은 먼지를 닦아냈다. 닦을 때마다 먼지가 모여있던 텔레비전 위, 화장대 위는 오늘도 역시 먼지가 많다. 물티슈 세 장을 요리조리 접어가며 가구 위 모든 먼지를 닦아냈다.

다시 화장실로 돌아갔다. 락스를 가득 뿌려둔 욕실에 들어갈 때는, 홀로 전쟁터에 나가는 장수가 된 마음이 든다. 락스 성분이 몸에 좋지 않을 것 같아 최대한 빠르게 청소를 마치고 싶다. 숨을 크게 들이쉰 채 멈추고 비장한 마음으로 욕실로 들어갔다. 과학이란 역시 놀랍다. 굳이 문지르지 않아도 화학약품 덕에 대부분의 곰팡이가 사라졌다. 욕실용 솔로 남은 물때와 약간의 곰팡이를 마저 떼어냈다. 휴, 화장실 청소는 가장 귀찮지만 끝내면 뿌듯한 일이기도 하다.

눈 뜨자마자 청소를 시작해 두 시간 넘게 몸을 움직였다. 아침도 건너뛰었는데 점심시간이 되고 말았다. 아주 간만에, 맨발바닥으로 어디를 딛어도 상쾌한 느낌이 들었다. 집안의 온갖 때를 치웠더니 마음까지 정화되는 것 같다. 어제 부장에게 깨지며 아득해졌던 기억, 부장과 스스로에게 난 화, 이까짓 회사가 뭐라고 싶어 관두고 싶다가 결국 그럴 수 없어 슬펐던 마음 등을 반의 반나절 청소와 함께 털어냈다. 주변을 탈탈 털어 정리하고 나니 축축하던 마음도 덩달아 빳빳하니 말라준 것 같았다.

맛있는 밥을 먹고 싶다. 평소에 집에서 요리를 그리 즐기진 않지만, 오늘은 집밥이 먹고 싶다. 쌀을 씻어 새 밥을 지었다. 유통기한이 거의 끝나가는 두부 포장을 뜯어 된장찌개를 끓였다. 계란 두 개를 약한 불에서 오랫동안 살살 익혀 반숙으로 탱글하게 구워내었다. 사두고 먹지도 않았던 불고기 밀키트도 뜯었다. 상하기 전에 처리해서 다행이다. 냉동실에 있던 파도 한 움큼 추가해주니 더욱 그럴싸하다. 한 시간 정도 뚝딱거리며 좋아하는 메뉴들로 밥상을 차렸다. 쌀밥에 불고기를 올려 입에 넣고, 된장찌개 한 숟갈을 곧바로 떠 넣었다. 내가 차렸지만 이 조합은 맛이 꽤 괜찮다. 매일 마시듯 먹는 회사에서의 점심. 이 시간만은 밥을 아주 천천히, 한 숟갈 한 숟갈 꼭꼭 씹었다. 깨끗한 식탁에 앉아 새로 불어 들어온 공기 가운데서 정성스레 차린 식사를 꼼꼼히 먹어 치웠다.

슬며시 들어오는 이른 오후 햇살이 부드럽다. 탄수화물과 단백질 그리고 지방 구성이 조화로운 집밥 덕에 윗배가 단단하니 부풀었다. 기분이 좋다. 어젯밤까지 나를 괴롭히던 사건과 감정들은 아주 하찮게 느껴졌다. 어제는 약오르고 속상해 죽을 것 같았지만 별 변화 없이도 오늘은 이토록 평화로울 수 있다. 나는 이렇게 잘 먹고 잘살 수 있다. 상황이 어떠하든 내 마음만 단단히 세운다면 말이다. 그릇을 치우고 간만에 커피 머신도 켰다. 커피값을 아끼 겠다며 커피 머신을 샀지만, 역시 아침 출근길에 그럴 여유는 없 었다.

'집에서 커피 내려 마시는 게 얼마 만이지?'

머신이 예열되는 동안 원두를 갈고 긴 유리잔에 얼음을 가득 채 웠다. 생수를 얼음 잔 8부만큼 채워 차가운 물을 만들어뒀다. 원두 를 공들여 눌러 에스프레소 두 샷을 뽑았다. 얼음물에 에스프레소 가 녹아가는 장면은 언제봐도 경이롭다. 갈색 물과 투명한 바탕이 섞이는 움직임을 끝까지 지켜보다가 완성된 커피를 한 입 쭉 빨아 들였다. 온몸이 사르륵 녹는 것 같다.

'이 맛에 산다.'

그래! 불고기 밀키트도 사 먹고 원두도 사려면 벌이를 해야지! 태어났으면 밥벌이는 해야 하는 거야. 너덜너덜해진 정신을 곳곳 에서 주워다 기우고, 맛있는 음식과 좋아하는 음료로 달렜다. 그 리 복잡하지는 않게 나를 되살릴 수가 있어 다행이었다.

5%의 즐거움

입사 3년 차쯤 되었을 때였을까. 입사만 시켜주면 뭐든 할 것 같던 열정은 한풀, 아니 사실 세 풀쯤 꺾였다. 사회인이 되었다는 뿡도 대략 가라앉았다. 월급날이 대단히 특별하고 고마울 때가 있었는데 어느새 월급은 일상 속 공기 같은 존재로 전락해 버렸고 회사일, 사회구성원으로서의 몫 그리고 밥은 1인분 하기가 참 어려웠다. 아는 게 없어서 더 물어볼 수도 없을 때, 대충 끄덕끄덕 알아듣는 표정을 하고 와 앉은 자리에서 끝없는 고민이 시작될 때 그런 날은 마치 입사 두 달 차 때처럼 퇴근 후 세수도 못하고 쓰러지고 말았다. 불도 못 끈 방에서 다음 날 알람이 울릴 때까지 쥐 죽은 듯 잔 날도 있다.

1인분은 꼭 해야 한다는 생각에 회사에서는 '나의 최선'을 다했다. 최선을 다한다고 최고의 결과가 나오는 건 아니었지만, 할 만큼 했는데 결과가 시원찮을 때 '내 능력'을 탓하다 끝내 '내'가 미워졌다. 그래도 부족한 나보다 더 화나는 건 이기적인 타인이었다. 부족한 나는 스스로 챙겨갈 수 있었지만 남까지 끌어안기엔 아직 역량이 부족하다. 석 달간 저녁을 반납한 프로젝트 발표에 내 이름이 빠져있는 걸 볼 때 늘 조금은 미웠던 상사가 세상에서 제일 싫어졌다. 회사에서 왈칵 울음이 터질 것 같았다.

'여긴 사회니까. 내가 참아야지.'

꾹 참았다. 다른 동료 앞에서 울지는 않았다. 집에서까지 참지는 못했지만. 회사 앞에 작은 카페가 있다. 아메리카노를 단돈 1,500원(아이스는 500원 추가)에 제공하는 아름다운 장소다. 각각 서너 명의 아르바이트생이 분주한 다른 프랜차이즈 카페와 달리, 중년의 남자 사장님이 혼자 운영한다는 특이점이 있다. 아마 저 중년의 아저씨가 주인인 것 같다. 창밖에서 가게를 염탐했을 때는 빵모자 쓴 아저씨가 느릿느릿 커피를 내리는 모습이 '익숙하지 않은가?' 싶기도 했다. 그래서 점심시간이면 주로 동료들과 길 건너 모퉁이 꺾은 곳에 있는 빽다방 혹은 메가커피에 갔다. 어느 점심시간에는 바로 앞에 단체 주문이 들어와 15분 이상 기다려야 한다는 말에, 꿩 대신 닭 격으로 자줏빛 간판을 단 그 아저씨의 카페에 갔다. 영혼 잃은 기계처럼 아르바이트생이 에스프레소 샷을 끝없이 뽑아내도 줄이 길던 프랜차이즈 카페와 달리, 점심시간임에도 이곳은 다소 고요한 분위기였다. 일찍 퇴직했음직한 연배로 보이는 사장님은 가장 저렴한 아메리카노 주문에도 성심성의껏 음료를 만들었다.

"와, 맛있다."

생존형 커피 수혈자들의 입에도 맛있는 건 맛있다. 더 가까운 곳에 더 정성스러운 곳이 있다는 사실을 뒤늦게 발견한 우리는 그 자줏빛 카페에 둥지를 틀었다. 하루는 요 며칠 속상한 내 마음을 알아챘는지 사수가 메신저로 말을 걸었다.

"커피 고?"

"지금? 지금 괜찮을까요?"

"지금 다들 정신없음. 기회임 고고!"

"복사지 가지러 내려가는 척하면서 나가기 ㅇㅋ?"

일과시간에 나가는 일은 어른이 됐지만 늘 짜릿하다. 당연하게도 자줏빛 카페로 향한 우리.

"요즘 힘들지?"

"뭐… 그렇죠, 뭐."

다 이해한다는 듯 고개를 끄덕이는 사수. 이 사람에게는 진심을 털어놔도 될 것 같다.

"아, 회사생활 요즘 정말 재미없고 솔직히 전 보람도 못 느끼겠어요. 여기 회사랑 저랑 잘 안 맞는 것 같아요."

"안 그래도 요즘 너 현타 온 것 같더라."

"목구멍이 포도청이겠죠…?"

"야, 어디서 들으니까 하고 싶은 일은 돈을 주고 해야 하고 하기 싫은 일은 돈 받고 하는 거라고 하더라. 여기서 누군들 즐거워서 다니겠어? 하고 싶은 것들 하려면, 월급이 들어와야 하니까. 그래서 일단 다니는 거지."

"다들 똑같구나…."

"나도 딱 너 같을 때가 있었어. 근데 너무 회사를 재미없다고만 생각하면 정말로 점점 다니기 싫어져. 회사생활에서 약간이라도 너만의 재미를 찾아봐."

"재미요? 프로젝트 뺏기고 부장은 맨날 열받는 소리만 하고. 하, 진짜 회사 무슨 재미로 다니세요?"

"나는 매일 정시에 딱 퇴근하는 재미로 다녀. 여섯 시에 부서 문 통과하기를 매일매일 깨야 하는 일일 퀘스트로 생각하는 거지. 기본 퀘스트를 깨야지 게임이 진행돼. 그다음에 나가서 재미있는 단계도 많잖아? 그거 즐기면 되지."

"일일 퀘스트요? 와… 선배 정말 긍정적이다."

"그래도 회사에서 보내는 시간이 하루의 절반이야. 여기서 나름대로 즐겁게 보내지 않으면 앞으로 점점 힘들걸? 이건 진짜다."

하루의 절반을 회사에서 보낸다….

절반을 회사에서 보낸다….

하루의 절반….

절반…?

인생의 절반…?

요즘 회사에서 마음에 드는 것이 하나도 없었지만, 목구멍이 포도청이라 당장 때려치우지도 못했던 나. 하루의 절반이 결국 인생의 절반이 될 수 있다고 생각하자 무서운 기분이 들었다. 인생의 절반을 기쁘게 보내든, 회사가 인생의 절반이 되지 않도록 하든 생각 변화 혹은 결단이 필요했다. 우선 '인생의 절반을 기쁘게 보내는' 전자는 시도가 쉬울 것 같았다. 카페에서 복귀해 '직장에서 찾을 수 있는 즐거움'을 노트에 적어봤다.

◆ 카드값을 스스로 낼 수 있음

◆ 커피와 케이크 정도는 배 터지게 사 먹을 수 있음

◆ 월급 받아 지난달에 아이패드를 샀음

◆ 일과시간에 집중하면 칼퇴할 수 있는 분위기

◆ 영 짜증 나는 사람만 있는 건 아님

◆ 동기들과는 다들 말이 잘 통하고 몇몇 부장, 팀장만 빼면 대부분 괜찮은 동료들임

◆ 우리 회사 업무는 세상에 이바지하는 가치를 만드는 일에 가까움

◆ 일을 시작하며 세상에 1인분은 하는 존재가 된 것 같음

'회사가 인생의 절반이 되지 않도록 하는' 후자 방안에 관해서도 처음으로 생각해보기 시작했다.

- ◆ 회사가 내 '인생'을 책임져 주지는 않음
- ◆ 회사도 내 인생과 잠시 거래하는 거래처라고 생각하기
- ◆ 5%의 즐거움을 찾으며 인생에서의 더 큰 즐거움을 계속 찾을 것

잘하고 있다고 말해줘

일상이 끊임없는 파도처럼 느껴질 때가 있다. 매번 새로운 파도가 다가오지만, 멀리서 보는 사람 눈에는 비슷한 그림일 뿐인. 회사와 집 사이를 총총거리는 사이, 매일 수많은 일이 벌어진다. 이역시 멀리서 지켜본다면 비슷한 패턴의 물결일 테고. 일상은 공들여 지어둔 해변의 모래성을 끝없이 부쉈다. 주말에 정성 들여 치워둔 집은 정신없는 5일이 지나면 다시 먼지 구덩이로 변해버렸다. 매일 밥을 지어 먹고 설거지를 해내며 설거지 뒤 싱크대에 남은 물을 닦아내는 루틴 역시, 끝도 없는 물결처럼 느껴졌다. 파도같은 일상은 대체로 소중했지만, 때론 버겁게 느껴졌다. 밀물로옷을 다려서 걸어두면 썰물은 매번 그 옷을 더럽히곤 했다. 내 공간을 청결히 유지하며 정돈된 마음을 유지하려 노력하는 일, 가끔은 입에만 말고 몸에 좋은 음식을 만들기 위해 장을 봐서 요리하는 일. '입고 자고 먹는 것'들은 지속적으로 파괴되고 흩어져 나의 손길을 갈구했다. 그것들이 내 정신까지 흩트려 놓지 않기를 바라며 나는 그 모든 것을 매번 정돈하고 재정비시켰다. '1인분'을 '1인'이 하기는 손해라고 생각될 때가 많다. 밥솥으로 밥을 딱 한 컵만 짓는 것은 무척 비효율적이고, 1인분이나 2인분이나 비슷한 설거짓거리를 보면 한숨이 나기도 한다.

그래도 일상은 소중한 거라고, 다들 이 정도는 견디고 산다고, 너 정도면 잘 컨트롤하고 있다고 스스로 끝없이 되뇌었다. 먹음의 썰물이 쓸고 간 자리를 치우던 어느 날이었다. 고무장갑을 끼고 그릇을 빡빡 씻어내던 중에, 유리로 된 밀폐용기를 바닥에 떨어트리고 말았다. 얇은 유리잔과 달리 두께가 5mm는 되는 두꺼운 유리그릇이었다. 이상하게 고무장갑만 끼면, 욕실에서는 몸에 힘이 솟아나고 주방에서는 손에 힘이 빠지는 것 같다. 어쩌면 내가 설거지를 정말로 싫어해서 그런 것 같기도 하다. 요리하는 시간은 즐겁다. 가끔 기분 좋은 날이면 마치 요리 유튜버가 된 것처럼 혼자서 주절거리면서 요리를 하기도 할 만큼. 하지만 설거지는 아무리 예뻐할 구석을 찾아도 매번 별로다. 더 이상 사용할 그릇과 수저가 없을 때가 되고서야 수세미를 드는 것은 자취생의 기본 덕목이다.

그 유리그릇을 처음 떨어트린 것도 아니었다. 지난번에도 두 번 정도 떨어트렸지만, 바닥에 닿으며 둔탁한 음을 내던 게 전부였다. '역시 국산이라 튼튼하구먼!' 생각했고. 똑같은 높이에서 떨어트렸지만 어떻게 바닥에 닿느냐에 따라 그 운명이 결정되나 보다. 모서리가 정면으로 바닥과 충돌한 유리그릇은 쨍- 하고 외마디 비명을 남긴 채 산산조각이 났다. 칼날만큼 크고 날카로운 조각이 세 점 정도 나뒹굴었고, 손톱만 한 조각이 대략 스무 점 정도 비틀거리고 있었다. 모래알처럼 빛나지만 바늘만큼 뾰족한 유리 알갱이들은 사방으로 날아 흩어져 버렸다. 순식간에 일어난 변화에 숨이 턱 막혔다. 돌이켜보면 아무것도 아닌, 유리를 줍고 쓸면 해결될 일이었지만, 마주한 그때는 숨이 가빠왔다. 한쪽 눈 끝을 따라 눈물이 뚝 흘러내리더니 반대쪽 눈을 따라서도 흐르기 시작했다. 깨진 유리 앞에서 점점 울음이 커졌다.

깨진 유리그릇은 두 번 터지는 폭탄 같다. 깨지면서 눈앞에서 커다란 충격을 주고 아무리 샅샅이 청소를 해도 예상치 못한 곳에서 또다시 발가락을 찌른다. 그 기억이 떠오르자 더 눈물이 그치지 않았다. 유리 조각을 줍고 쓸어낼 일이 막막해서, 그 자리에서 고무장갑을 집어 던진 채 엉엉 소리내어 울었다. 괜찮다고, 괜찮을 거라고만 다독이며 닫아뒀는데, 회사 일과 홀로 살며 해결해야 하는 모든 일은 응당 네 몫이라고 던져주기만 했는데, 때때로 우울한 마음이 스멀거리며 올라오기도 했지만 얼른 당근을 던져주며 무마하려 했다.

'왜 너만 유난을 떠냐고, 다들 그렇게 산다는' 셀프 윽박에 찍소리도 내지 못한 채 사라진 것처럼 보이던 우울함과 막막함. 그 감정들은 어딘가로 매번 사라진 줄 알았더니 무서운 조교의 눈을 피해 외딴 동굴 속에 모여있었나 보다. 유리그릇이 깨지는 순간, 동굴도 폭파되었다. 쓸어 담을 수가 없는 모래알 같은 유리 파편처럼, 손도 댈 수 없이 많은 우울함이 터져 나왔다. 타지생활 그리고 자취생활 4년 차. 이제 남들도 그럴 거라고 진정시키기만 하는 약은 먹혀들지 않았다. 그간 숨죽여 살던 우울들이 입 모아 소리쳤다.

'야! 나 힘들다고! 나도! 나도!'

한참을 그 자리에 주저앉아 울었다. 마치 대단히 슬픈 일이 터진 것 같이 엉엉 소리치고서야 눈물이 잦아들었다. 옷소매로 대충 눈과 뺨을 닦고 아무렇게나 집어 던진 고무장갑을 주워 단단히 꼈다. 유리 파편을 알알이 주웠다. 큰 조각들은 이면지로 날카로운 면을 둘둘 말아서 종량제봉투에 담았다. 작은 조각들도 찬찬히 모았다. 쓸리지 않는 알갱이들은 몇 번이고 청소기로 빨아들였다. 몇 장이나 두껍게 겹친 물티슈로 사건이 일어난 부근을 모조리 훔쳤다. 유리그릇을 처음 깨는 것도 아니어서 치우는 데는 익숙했다. 이번에는 그 울림에 마음마저 깨져버렸다는 사실이 다를 뿐이었다.

이제는 버티라고 종용하며 외면할 수 없는 때가 왔다. 내가 나를 도와야 했다. 그 겨울, 더 나은 공간으로 이사를 했다. 전세를 찾아 타협하고 들어온 지긋지긋한 '북향' 집을 떠날 때가 왔다. 겉보기엔 멀쩡한 샷시에서 숭숭 들어오는 겨울바람에, 이불을 발가락 끝까지 둘둘 말고 자야 하는 집. 난방을 틀어도 틀어도 추운데 그 와중에 습하기까지 해서 새로 바른 합지 도배 위로 스멀스멀 곰팡이가 올라오는 집. 여름엔 시커먼 곰팡이가 벽에 가득 피어, 집주인이 미리 알고 슬그머니 제습기를 가져다 놓는 집. 그 속에서 나 역시 시나브로 곰팡이에 절어가고 있었다. 쿰쿰한 냄새는 내 옷을 모두 제압한 다음, 나를 무너뜨리기 위해 다가오고 있었다.

타지 자취생활 5년 차. 좀 더 넓고 쾌적한, 서울에서의 세 번째 보금자리로 이사했다. 이번에는 제발 '사람답게' 제대로 오랫동안 살고 싶다. 주방이 대단히 넓지는 않았지만, 식기세척기를 샀다. 설거지가 정말 싫어서. 한 끼 잘 먹자고 수도 없이 나오는 그릇이 미워서. 처음으로 먹음의 썰물이 헤집고 간 그릇을 식기세척기로 정리했을 땐, 너무 신이 나 세차게 물을 뿜는 식기세척기를 향해 박수도 쳤다. 로봇청소기도 샀다. 생활의 썰물이 정성 들인 모래성을 부수는 강도를 조금 약화시켜 보려고. 퇴근 후 항상 먼지 없는 바닥이 기다려 기뻤다. 타지에서 자취생활하는 1인 가구이지만, 나도 나를 도와줄 존재가 필요했다.

옷은 세탁기에게, 밥그릇은 식기세척기에게, 바닥은 로봇청소기에 위임했다. 나와 함께 생활의 썰물에 대항해줄 동지가 필요했다. 도토리 같은 월급을 모아 다음 동지 맞을 날을 기대해본다. 요즘은 세탁기 동지를 도와줄 건조기 동지를 기다리고 있다. 집이 세 발자국 좁아져도 좋다. 건조기 동지를 들일 총알을 벌기 위해 나는 오늘도 회사로 향한다.

PART 3

이상 : 현실
= 53 : 47

⋮

똥 가방

빠르게 유행을 읽고 자연스레 반응하는 사람이 부럽다. 옷이나 신발, 가방 따위에 자연스레 흥미가 넘치는 사람 말이다. 멋지게 옷을 입고 싶지만, 타고난 감각이 별로인 나. 유행에 따른 옷을 찾고 사는 일 역시 사회생활을 위한 하나의 일거리로 느껴지곤 한다. 물론 아름답게 나를 가꾸고자 하는 욕구가 아직 완전히 사그라들지는 않았다. 출퇴근길은 남들의 '요즘 패션'을 스캔하기 좋은 기회다. 가끔은 SNS에 들어가서 친구들의 사진과 함께 유행하는 옷을 눈에 담기도 한다. 옷과 신발은 매년 약간씩 디테일이 다른 형태로 출시되었다. 겨울이라면 롱부츠가 몇 년째 유행인 것 같지만 작년과 올해의 부츠 통이 다르댔다. 롱코트와 롱패딩이 유행했다가 올해는 또 숏패딩 혹은 숏코트가 유행할 '예정'이라고 했다. 본격적인 겨울이 시작되지도 않았는데 '유행할 예정'이라는 말이 이상하게 들린다. 의류회사의 농간인가 싶기도 하지만, 시간이 지나고 자꾸 보다 보면 또 그게 익숙해져 시나브로 짧은 옷이 예쁘게 느껴지는 건 어쩔 수가 없다.

어느새 옷장을 보면 무채색 혹은 톤 다운된 옷이 가득하다. 예쁜 옷을 두 개 집었는데 굳이 둘 중 하나를 사야 한다면 회사에 입고 갈 만한 옷이 먼저인 요즘 20대 중반부터 후반까지 5년간 내 옷장 속 채도는 점점 낮아지고 있었다. 점점 저무는 옷장 속 태양처럼 아직 미처 다 찾지도 못한 내 개성이 점점 기울고 있는 건 아닌가 걱정이 된다. 이십 대 초반에는 짧은 치마도 잘 입었던 것 같은데 오랜만에 예전에 입던 짧은 치마를 발견해 입으니 기분이 이상하다.

'이렇게 짧은 걸 입고 다녔단 말이야?'

학생 시절의 나와 직장인의 나는 분명 한 반직선 위에 있지만, 어느 순간 완전 다른 사람이 된 것 같다.

'아… 나도 이렇게 꼰대가 되는가….'

주말을 맞아 청개구리 같은 심정으로 입고 나간 짧은 스커트에 온종일 신경이 쓰이는 것도, 지금의 나라는 걸 받아들이는 수밖에. 결국 월요일 아침, 걸치고 나간 건 하얀 목 폴라에 검정 반코트. 가장 무난한 두 가지 옷의 조합. 회사원으로서의 나를 딱 대변하는 것 같다.

직장생활 5년 차. 가끔 친구들의 SNS나 카카오톡 프로필 사진을 염탐하곤 한다. 친구와 한마디 말도 나누지 않았지만, 그 속에서 종종 우리가 훌쩍 컸음을 느낀다. 고3 시절, 맛없는 저녁 메뉴가 나오는 날이면 친구들과 함께 학교 바로 앞에 있던 우리 집으로 달려갔다. 라면을 끓여 먹으며 좋아하는 가수의 음악방송 무대를 보던 우리. 야간 자율학습 시간에 매번 10분 정도 늦게 복귀하며 살곰살곰 복도를 걷던 그때. 그 친구들이 언제 다들 어른이 돼서 차를 뽑고 가방을 샀다. 스포츠 브랜드 책가방을 메고 독서실로 같이 향하던 친구의 프로필 사진 속 가지런히 놓인 명품 가방에서, 10년이란 시간은 그리 짧지 않음을 느낀다.

날 좋은 계절 주말 오후쯤엔 10년을 공유한 그런, 친구들의 결혼식도 많았다. 친구 하객의 손에 들린 가방은 점점 유명한 브랜드로 발전해 갔다. 뷔페를 먹으며 평소 거침없이 소통하는 한 친구와 이야기를 나눴다.

"애들 다 가방 좋은 거 들고 왔네?"

"그러게 말이야."

"넌 이거 또 언제 산 거야?"

"저번에 성과급 나왔을 때 한 개 뽑았어."

"나도 하나 사야 하나? 야, 필요하니 좋은 가방?"

"우리 나이쯤 되면 중요한 자리에 갈 때 명품백 하나쯤은 필요해."

"그래?"

집으로 돌아오는 덜컹거리는 지하철 위에서 새로운 고민거리가 생겼다.

'중요한 자리? 나는 중요한 자리가 잘 없는데? 친구 결혼식이 나한테 중요한 자리인가? 그거 말고 중요한 자리란 어떤 것이 있을까?'

친구 결혼식은 축하할 자리지만, 내게 중요한 자리는 아니라는 결론에 그 뒤로도 1년은 명품 가방을 사지 않았다.

29.5세가 되던 어느 여름. 기어코 8월은 오고 휴가철이 되었다. 전염병으로 인해 해외여행은 꿈도 못 꾸며 국내 여행조차 눈치가 많이 보이던 즈음이었다. 워낙에 콧구멍에 바람 넣는 시간을 좋아해서 일주일의 외국 바람은 사무실에서의 다음 1년을 견디게 했는데 거의 2년째 가장 좋아하던 취미로부터 거리를 두고 있자니, 사무실에 에어컨이 빵빵해도 분통이 터졌다. 이번에는 어디선가 남이 든 가방을 구경해서가 아니라, 억울한 마음이 들어 홧김에 가방을 샀다. 말은 쉽게 했지만, 사실 무슨 가방을 살지 백화점만 3번이나 가서 구경했다. 난 참 청개구리 같은 면이 있다. 1년 동안 은연중에 그토록 갈망하던 가방인데 사자마자 어쩐지 애정이 뚝 떨어졌다. 이까짓 가방을 하나 들자면 너는 두 달을 일해야 한다는 사실이 와닿고 말아서 그런 걸까? 기어코 중요한 일 따윈 없다고 우겨왔지만, 결국 중요한 자리에 들고 나갈 거라는 핑계로 나 역시 질러버렸기 때문일까?

물건을 조심히 다루지 못하는 성격을 알기에 스크래치에 강하다는 가죽으로 골랐다. 그럼에도 내려놓는 면에 상처가 날까 봐 조심히 내려둬야 하는 그 물건은 참으로 신경이 쓰였다. 작고 동그란 것이 오브제처럼 아름답다며 고른 가방. 정말 작았다. 노트북은커녕 책 한 권조차 넣을 수 없어 결국 에코백을 동반해야 했다. 옷장 대부분을 차지하는 무채색 향연의 회사원 패션과 사랑스러운 그 가방을 매치하는 일은 또 다른 스트레스였다. 무엇보다 '다른 척하더니 너 역시 똑같은 똥 가방을 사고 말았구나'는 자괴

감 비스무리한 감정은, 그 예술작품만큼 예쁜 가방이 주는 기쁨보다 훨씬 슬퍼서 찜찜했다.

결국 똥 가방은 출근용으로는 어울리지 않고 일상용으로는 작았다. 내가 합리화하던 '중요하고 특별한 날'은 역시나 별로 생기지 않았다. 나를 잘 알고 싶다고 누누이 외치더니 결국 '우리 나이의' 흐름에 편승한 내가 잠시 밉기도 했다. 그래도 기왕 산 가방 잘 들어야지. 갖다 버리지는 않을 생각이다. 꼭 경험해 봐야 아는 것들이 있다. 이번에는 '경험해 봐야 아는 것을 경험해봤다'라고 생각해야겠다. 역시 남들이 다 가지고 있다고 나도 가져야 하는 건 아니었나 보다.

이대로 죽을 순 없다

그럴 때가 있다. 이상하게 회사에서 급한 일이 없고 퇴근 후에도 매일 피곤한 사건 하나 터지지 않는 때. 그 덕분에 몸과 마음이 완벽하게 편안하기만 한 때. 이대로라면 평생 '회사원-1'으로 살아도 되겠다는 느낌이 들 때. 멈추지 않고 변화해나가는 것에 더 매력을 느꼈었지만, 현실에 두 발 푹 꽂고 안정적인 오늘을 살아가는 것도 좋을 때. 완전한 자율에서 오는 불안감보다 반자발적 구속에서 오는 평안함이 이제는 더 만족스럽다고 느껴질 때.

함박눈이 펑펑 쏟아지던 겨울의 한가운데에서는, 내가 두르고 있던 담요의 무게가 와닿지 않았다. 어쨌든 겨울에는 이마저 감사하기도 했으니. 담요를 미처 풀지 못한 채로 봄이 왔을 때에야, 그것의 존재가 거슬리기 시작했다. 팔다리까지 꽁꽁 싸매어 불편하

다고 말만 하며, 여전히 그 속에 감겨 있는 나까지도. '회사원-1'
로서 완벽 적응해버린 내 모습은 이처럼 멀리 떨어져서 봐야 눈에
띄었다.

　서른, 옛 표현으론 이립이랬다. 무려 '스스로 서 있을 수 있는 시
간'이란 뜻이라는데, 과연 내게 그 칭호가 어울리는지 아직은 의
문이다. 어딘가에서 서류에 나이를 쓸 때면 칸에 신나게 2자를 쓰
다가 그 위로 두 줄을 죽죽 긋는 요즘. 10년간 써 오던 2N을 버리
고 이제는 3N으로 새로운 10년을 채워나가야 하는 지금. 익숙하
지 않은 앞자리만큼이나 많은 변화가 다가오는 봄이 왔다. 한때는
세상 모든 일이 어렵게만 느껴져 '어른이 되고 싶지 않다'고 떼쓰
며 홀로 울던 때도 있었다. 앞자리가 변하며, 조금은 성숙해진 걸
까? 어린 마음을 간직하고 싶은 건 변함이 없다만 어린아이로 살
수 없다는 사실은 자연스레 받아들였다. '마음이 확고하게 도덕
위에 서서 움직이지 않는' 어른이 되고 싶다. 도덕과 별개로 즐기
는 마음과 사랑할 줄 아는 낭만은 영원히 간직하고 싶고.

　매일 똑같이 굴러가는 하루
　지루해 난 하품이나 해
　뭐 화끈한 일 뭐 신나는 일 없을까
　할 일이 쌓였을 때 훌쩍 여행을
　아파트 옥상에서 번지 점프를

신도림 역 안에서 스트립쇼를

야이야이야이야이야

하는 일 없이 피곤한 일상

나른해 난 기지개나 켜

뭐 화끈한 일 뭐 신나는 일 없을까

머리에 꽃을 달고 미친 척 춤을

선보기 하루 전에 홀딱 삭발을

비 오는 겨울밤에 벗고 조깅을

야이야이야이야이야

– 자우림《일탈》, 1997

남에게 피해를 주지 않는 선에서 내 재미를 꾸준히 챙기는 사람. 어떤 면에선 날카롭고 어떤 면에선 둥글둥글한 사람. (되도록 내 게으름에는 날카롭고 남에게는 유한 사람이 되면 더 좋겠고) 남들이 편하다고 느끼는 사람. 밖과 안에서 모두 즐거움을 느낄 수 있는 사람. 그래서 이제는 다른 사람, 회사일 같은 외부 사건보다 내 마음에도 관심 가져주는 사람. 남만 칭찬하지 말고 가끔은 자신도 토닥일 줄 아는 사람. 남과 나를 동시에 크게 사랑해주는 사람. 이립의 나는 그런 사람이 되기를 소망하는 중이다.

휴, 생각은 많다. 그렇지만 오늘도 역시, 일단은 출근이다. 우리 회사 서쪽 벽에 뚫린 창문으로는 다른 오피스텔이 보인다. 몰랐는데 이제 보니 사무실과 주거공간이 혼합된 건물인 것 같다. 조금 과장하자면 그 오피스텔에서 세탁물을 던지면 이 건물에 닿을 것도 같다. 엘리베이터를 타지 않고 굳이 계단으로 걸을 때만 그쪽 벽을 걷게 된다. 98%의 확률로 엘리베이터를 타기 때문에, 사실 그쪽 창문을 바라볼 일은 거의 없다.

점심을 너무 많이 먹어서 사무실에 복귀할 때 괜히 6층까지 걷고 싶은 날, 운동하겠다는 핑계로 엘리베이터 대신 계단으로 향했다. 계단 한 무더기를 오르면 층과 층 사이의 공간이 나오고 다음 계단이 시작된다. 층과 층 사이 평지를 걷는 찰나에, 뚫린 창밖이 눈에 들어왔다. 2층, 3층, 4층… 경계층 창밖으로 보이는 풍경이란 역시 그리 특별하지 않았다. 빛바랜 베이지 빛의 건물 벽에 일정한 간격으로 가로보다 세로가 조금 더 긴 파란 유리창이 박혀있을 뿐이었다. 살짝 썬팅이 된 채로 완전히 닫혀있는 그 창문들은 그 속에 무엇들이 들어 사는지, 전혀 가늠할 여지를 주지 않았다.

봄 날씨가 시작되었다. 그 공간의 몇몇 주인은 제 공간에 새 공기를 들이려는지 창을 열어두기도 했다. 마지막 층으로 발걸음을 옮기는데, 예상치 못한 것이 눈에 들어왔다. 맞은편 창가에 작고 귀여운 하얀 덩어리가 버티고 앉았다. 인형보다도 더 완벽하게 귀여운 하얀 페르시안 고양이였다. 10m 떨어진 맞은편의 내 존재를 녀석이 인식했는지 모르겠지만, 털이 보슬보슬한 그 생명체도 이

쪽을 쳐다봤다. 무슨 생각을 하는지 알 수 없게 천천히 껌뻑이는 두 파란 구슬. 언제봐도 신비롭다.

'고양이 주인은 지금 사룟값을 벌러 나간 모양이지? 주인 없는 고요한 집안은 지겨우니 텔레비전 보는 심정으로 밖을 관찰하는 중일 테고.'

예상치 못한 곳에서 마주친 고양이 한 마리에 상상의 나래가 발동되었다. 우리는 츄르(고양이 간식)를 세게 던지면 닿을 만큼 가깝지만, 영원히 실제로 닿을 일은 없을 것이다. 저 고양이는 아마 내일도 자기 영역에서 창밖을 내다보며 지낼 것이고 나 역시 6시까지 이 건물을 벗어날 수 없으니까. 한참을 10m 떨어진 곳에 사는 공중 고양이를 구경하다 자리로 돌아왔다. 영원히 닿을 수 없으면서 창밖으로 궁금한 것을 구경만 하는 꼴이, 저 고양이와 내 처지가 다를 바 없다는 기분이 들었다. 구경만 자주 하고 밖으로 나갈 각오는 별로 없는 점까지도 말이다. 애완용으로 계량된 고양이는 '스트릿-고양이'와 대결하며 골목을 누비기에 너무나 유약한 생명체니까.

　나도 점점 회사에서 필요에 따라 기르는 애완 고양이화 되고 있는 건 아닐까? 발톱은 회사 키보드를 누르기에 딱 적합한 만큼 손질되어 있고, 주인이 주는 맛있는 간식에 입맛이 길든. 구름처럼 푸둥푸둥하니 살찐 몸과 털을 치장하며 오늘도 창밖만 내다보는 고양이가 되고 있는 건 아닐까?

서랍장 속 추억은 우주보다도 넓어서

이사하지 않고 15년을 살아온 본가에는, 세월만큼이나 짐이 대단하다. 부엌 찬장 속에는 매년 줄지 않는 신비로운 고춧가루와 매실 액기스가 있고 거실 장식장은 세상 곳곳에서 날아온 기념품으로 꽉꽉 차 있다. 내 방도 마찬가지다. 내 방 속 책상과 옷장은 그야말로 나의 지난 역사를 담아둔 미니 박물관이라고 부를 수도 있겠다. 8살, 우리 딸이 학생이 되는 시간을 기념하며 부모는 책상을 선물했다. 방에 있는 많은 물건 중에서도 그 책상은 특히 지난 나의 20년을 살뜰히 담고 있다. 의자에 바르게 앉아서는 바닥에 발도 닿지 않을 만큼 컸던 그 책상. 큰사람 되라고 사준 크고 단단한 원목 책상은 이제 노인의 얼굴처럼 곳곳에 세월의 흔적이 가득하다. 상판 코팅은 부분적으로 벗겨져 버렸고 의자와 닿는 부분은 푹 패여버렸다. 어떤 사건과 고민이 책상에 이 많은 흔적을 남겼을까. 이제 대부분 기억이 나지는 않지만 책상에 이불을 덧씌운 채 빈 공간을 아지트 삼아 놀던 기억, 그 위에서 턱을 괴고 더 큰 세상을 꿈꿨던 기억은 세월이 흐를수록 더 선명한 이미지로 남는다.

본가를 떠난 지 햇수로 6년 차. 아무도 앉지 않는 오래된 그 책상을 치우려고 여러 번 시도했다. 번번이 실패했고. 매번 패턴은 같았다. 방의 낡은 책상을 이번에 내려오면 꼭 정리하고 가라고 엄마가 부탁한다. 그 자리에 다른 짐을 좀 두면 좋겠단다. 집에 도착해서 하루는 책상에 손도 대지 않는다. 손대는 순간 '시간이 멈추는 일'을 이미 여러 번 경험했기 때문이다. 떠나기 전날 정리를 시작하겠다며 겨우 서랍을 연다. 몇 번 정리를 시도했기에 책상 서랍장은 이제 '핵심-추억-엑기스'만 남아버렸다. 내가 팔뚝만 한 아기로 등장하기 시작하는 앨범과 어디에도 꽂히지 못한 채 남은 낱장의 지난 사진들, 장미꽃을 접겠다고 사 두곤 몇 장 접지 못한 꽃 색종이, 만들기를 좋아하던 초등학생 시절에 쓰던 양면테이프와 칼과 작은 톱, 이제는 영원히 쓸 일이 없을 것 같은 60색 색연필, 15년 전에 짜 둔 물감이 그대로 말라 있는 팔레트, 어릴 적 쓰던 이상하게 생긴 뿔테 안경, 미처 자리를 찾지 못하고 떠도는 중인 기차표와 비행기표, 대학 시절 떠난 유럽 배낭여행에서 사 모은 도시별 엽서, 귀여워서 종류별로 샀지만 몇 장 못 쓴 캐릭터 포스트잇과 스티커, 친구들과 주고받은 편지, 미처 버리지 못한 지난 연인과의 편지….

"이번에는 확! 좀 정리하고! 다 버리고 올라가!"

"응!"

호기롭게 대답했지만, 이번에도 실패할 것 같다. 팔뚝만 하던 시절 나는 너무나 귀엽고, 내 이야기가 담긴 지난 편지는 어떤 소설보다도 재미있다. 정리에 정리를 거듭한 지금까지 살아남은 저것들은 어쩌면 영원히 정리할 수가 없을 것 같다. 남이 보면 모두 잡동사니 혹은 쓰레기 모음이겠지만 말이다. 오늘도 크게 마음먹고 드르륵- 첫 번째 책상 서랍을 열었다. 지난번에 버릴까 말까 많이 고민한 만년필 세트가 나온다. 제대로 써 보지도 못한 잉크는 아직도 유리병 속에서 부드럽게 찰랑거린다. 이번에도 버릴 수가 없을 것 같다.

첫 유럽 배낭여행을 함께한 유레일 패스도 잉크병 아래에서 발견되었다. 사용한 유레일 패스를 여행 후 본사로 보내면 선물을 준다고 했다. 집에 가면 곧장 보내야지 하고 가져온 것이 벌써 8년째다. 이제는 만년필 잉크 밑이 이 녀석이 누울 자리쯤으로 정해진 것 같다. 만료된 여권과 제자리 없이 그 속에 끼워진 지난 비행기표도 보인다. 이마와 귀가 보이도록 머리를 활짝 뒤로 젖힌 여권 사진은 언제 봐도 인상이 사나워 흠칫 놀란다. 비행기 티켓들에게 얼른 정리함을 만들어줘야지 생각만 한다. 아마 이번에도 여권을 닫으면 다음 관람 때까지 그곳에 누워있게 될 것이다. 다리가 한쪽만 붙어있는 선글라스도 있다. 첫 배낭여행을 함께 떠난 물건이다. 나의 콧잔등 혹은 이마 위에 놓인 채 한 달 보름간을 동행했다. 마지막에 불의의 사고로 한쪽 다리를 잃었지만, 현지 쓰레기통에 넣고 오기엔 정이 많이 들어 버리지를 못했다. 이제는 제 기능을 하지 못하지만 다리 한쪽이 없고 선팅엔 잔뜩 흠집이 난 그 선글라스를 보면, 미숙했던 나의 첫 여행이 떠올라 여기서도 쓰레기봉투에 던질 수가 없다.

두 번째 서랍을 연다. 예전부터 손으로 온갖 것 만드는 일을 좋아하던 나. 미처 버리지 못한 지난 취미 용품이 많다. 십자수 실 무더기와 수틀, 비즈공예 재료와 니퍼, 장미와 별 종이접기 종이, 목공을 해 보겠다며 갖춘 줄톱과 타카. 나의 취미 기록이 서랍 한 칸을 또 알뜰하게 차지하고 있다. 완성하지 못한 작품도 많다. 미처 매듭을 짓지 못한 채 낚싯줄에 걸려 있는 비즈 팔찌는 딱 내 모습을 비추는 물건 같다. 관심사는 다양하지만 완벽해질 때까지 매진하지 못하는. 결국 많은 관심사 가운데서 우왕좌왕하던 나는 이 모든 기호를 살리지 못한 전공을 선택했고 그 전공에 맞춰 일하고 있다.

세 번째 칸은 열까 말까 고민하다가 열었다. 가장 손이 덜 가는 맨 아래 칸에는 나만 보고 싶은 지난 일기와 편지를 쌓아 뒀다. 꾸준하지는 못할지라도 굵직한 사건은 기록하기를 좋아했다. 첫 남자친구와의 만남, 데이트, 다툼, 화해의 기록은 대단히 미숙했던 시절의 감정이 고스란히 담겨있어 언제봐도 오그라든다. 오그라들지만 싫지는 않다. 이상한 그 시절의 이모티콘(ㅡ,ㅡ, ^3^, 0_0, ㅠ_ㅠ)과 함께 꾹꾹 눌려 있는 그날의 감정은 기록하지 않았다면 완전히 증발하여 버렸을 테니까. 역시 세 번째 칸은 블랙홀이다. 이칸을 여는 순간, 현실의 시간은 멈춘다. 나는 우연히 열게 된 페이지의 시간으로 돌아간다. 이 앞에 앉은 나는 고등학교 3학년으로도, 대학교 신입생으로도, 첫 데이트를 하던 순간으로도, 취준생이 되어 머리 쥐어뜯던 순간으로도 돌아갈 수 있다. 이 칸 안에서 상상할 수 있는 공간은 우주보다도 넓다.

"똑똑, 정리 잘하고 있니?"

엄마가 문을 두드리는 순간, 블랙홀의 문은 삽시간에 잠긴다. 나는 블랙홀의 재료들을 다시 양철 깡통 상자 안에 밀어 넣고 그 걸쇠를 순식간에 채운다. 현실로 복귀하는 시간은 블랙홀로 점차 빠져들던 시간에 비하면 너무 짧아서, 가끔 멀미가 날 것 같다. 강제 복귀한 현실 앞에서 잠깐 심호흡을 한 뒤, 나는 다시 세 번째 블랙홀을 차곡차곡 쌓는다. 나만 닿고 싶은 진짜 블랙홀을 담은 양철 상자는 서랍 가장 깊숙이 보관되어야 한다. 서랍 가장 뒤편으로 상자를 밀어 넣고 그 앞으로 덜 중요한 추억여행 매개체들을 채운다. 다음 시간 여행 때까지 진짜 블랙홀 상자가 무사히 지내길 바라며 혹시 모를 침입자들로부터 방패를 한 겹 둘러주는 격이다.

"정리 다 했니?"

"아니…."

"정리할 생각은 있니? 언제 할 거야?"

"다음에…! 다음에는 진짜로."

진짜일까? 이번에도 거짓말일까?

내가 꾸민 유니버스

　나의 서울살이에는 그리 많은 것이 필요하지 않았다. 이사를 두 번 했지만 한 번도 이삿짐센터를 부른 적은 없다. 첫 번째 이사는 친구의 승용차를 이용해서 짐을 딱 세 번 만에 옮겼다. 두 번째 이사는 짐이 약간 늘어서 용달차를 한 번 부른 게 전부다. 짐은 몇 개의 상자에 모두 담길 만큼 적었다. 이사 박스 몇 개와 박스 테이프 한 개로 간단히 이사가 해결되는 이유는, 무엇보다 큰 가구가 없기 때문이었다. 첫 번째 집에는 침대가 빌트인으로 딸려 있었다. 두 번째 집에는 침대가 없었기에 싱글 침대 하나 산 게 가구의 전부였다. 뭐, 전신거울과 좌식 밥상 그리고 조립식 행거 정도도 가구로 친다면 총 4개의 가구가 있었다고 할 수 있겠고.

　그동안 집에 책상은 들일 생각을 하지 않았다. 책상은 먹고 잠자고 출근하는 데 필수적인 가구가 아니기 때문이다. 밥은 좌식 밥상에 두고 텔레비전과 마주 앉아 먹으면 된다. 그리고 어차피 회사에서 늘 앉아 있기 때문에, 집에서는 주로 누워있는 편이 합리적이라고 생각했다. 뭐든 누워서 하는 게 더 좋기도 했고. 비스듬히 누워서 텔레비전 보는 시간은 너무 편안했고 거의 누운 채로 스마트폰 보는 시간은 더 안락했다.

와식 생활이 기본이 되다 보니 집은 점점 늪처럼 변해갔다. 보드라운 이불과 폭신한 매트리스가 기다리는 방에 도착하면, 얼른 옷을 홀렁 벗어 던지고 침대 속으로 스며들고 싶었다. 가로 110cm, 세로 200cm의 침대 안은 실로 도심에 마지막 남은 늪지대라고 칭할 만했다. 이 속에 한번 발을 담그면 그날의 굳은 각오는 모두 물거품이 됐다. 운동 가겠다는 각오도, 밥 먹고 바로 설거지를 하겠다는 각오도, 책을 읽어보겠다는 각오도 모두 그 위에선 내 몸과 함께 가라앉고 말았다. 퇴근길에 아무리 의지를 샅샅이 갈고와도 비슷했다. 실로 그 직사각형 공간에 엉덩이 혹은 등을 내던지면 그 모든 의지가 버뮤다 삼각지대 위 탈것들처럼 실종되고 말았다. 그 '침뮤다 사각지대' 속에서는 시간도 평소와 다르게 흘러가는 것 같다. 퇴근 후 그 위에 몸을 맡기면 3시간도 30분처럼 흘렀다. 그리고 무언가에 홀린 듯 다음 날 아침이 밝아왔다.

한때는 의지의 문제일까 고민한 적도 있었다. 왜 침대 위에서는 모든 의지가 소멸하며 시간이 빠르게 흘러갈까. 그 고민만 5년 차.

더 이상 내가 가진 의지로는 '침뮤다 사각지대' 위의 현상을 해결할 수 없다는 결론이 났다.

'서울 집에도 책상을 하나 들이면 어떨까?'

주말에 본가에 다녀온 뒤 문득 책상 생각이 났다. 본가에 남은 책상이 이제는 추억의 공간으로 회상되지만, 가까스로 나를 받아줄 회사가 생길 때까지 책상 위가 마냥 즐겁기만 한 공간만은 아니었다. 그 위에서 수많은 문제집을 넘겨야 했으며 내 것인 듯 내 것 아닌 자소설을 뽑아내야 했다. 대학을 졸업하며 '더 이상 내 인생에서 공부란 없다!' 외쳤다. 그런 내가 다시 책상을 원하게 되다니.

영원한 동반자, 스마트폰을 들고 적당한 책상을 검색했다. 부모가 선물해준 것 같이 통나무를 이용하며 여러 요소가 딸린 것은 가격이 비쌌다. 파티클보드와 철제다리를 이용하는 조립식 책상을 찾았다. 상판의 왼쪽은 책꽂이에 걸쳐 고정하고 반대쪽은 다리로 고정하는 형태였다. 책상과 책꽂이를 동시에 얻을 수 있다니. 예쁘지는 않았지만 좁은 공간을 가장 합리적으로 이용할 수 있을 것 같았다. 이틀 뒤 일반 택배로 책상이 배송되었다. 멋모르고 책상의 포장재를 방 안에서 뜯었을 때, 공장에서부터 딸려온 듯한 온갖 먼지가 날아다녀서 무척 당황스러웠다. 다행히 상판의 모서리는 스티로폼으로 단단히 포장되어 있어서 모진 배송 과정에도 하나 깨진 곳이 없었다. 물티슈를 꺼내어 모든 구성품을 닦았다.

그런 뒤 같이 배송 온 육각 렌치로 책꽂이부터 조립을 시작했다. 상판을 바닥에 엎어두고 다리를 연결하기 위한 하부 프레임을 다는 데까지는 문제가 없었는데 책꽂이와 상판을 결합하는 과정에서 나름대로 애를 먹었다. 비슷한 높이의 다른 가구가 하나만 있었더라도 잠깐 받치며 수월하게 조립했을 텐데. 상판을 골반에 걸친 뒤 허리를 구부려 재빠르게 고정나사를 돌렸다. 조립을 마치니 3시간이 지나 있었다. 방 한편에 공간을 만들고 방 모서리와 책상을 맞춰 넣었다. 책상 위에는 연필꽂이가 있어야 제맛인데. 그러고 보니 집에 연필꽂이는커녕 필기구조차 없다. 어딘가에서 딸려 온 까만 볼펜 하나가 전부. 그거라도 제 위치에 올려줬다. 다음 날 배송 온 의자는 부피는 작지만 조립이 더 어려웠다. 그래도 성격이 급해서 배송이 와 있다면 얼른 조립해 책상 밑으로 넣어주고 싶었다. 혼자서 드라이버를 들고 낑낑대며 조립을 마쳤다.

자취생활 5년 만에 내게 생긴 책꽂이와 책상에 올릴 수 있는 것을 모두 올렸다. 방 이곳저곳을 전전긍긍하던 탁상시계도 책상 위 눈에 잘 띄는 곳에 뒀다. 바닥에 쌓여있던 책도 비로소 책꽂이에 모두 꽂았다. 주말엔 아주 오랜만에 아트박스에 갔다. 심플한 연필꽂이를 하나 고르고 빨강, 파랑 잉크 펜과 노랑 형광 색연필을 샀다. 괜히 귀여운 포스트잇도 하나 담았다. 연필꽂이의 포장을 뜯고 사 온 필기구를 모두 담아 책상에 올렸더니 비로소 책상 조립이 끝난 것 같다. 집에서 거의 꺼낼 일이 없던 노트북도 책상 위에 세팅해뒀다. 조립에 실수가 있었는지 살짝 삐걱거리는 의자에 걸터앉아 새로 세팅된 책상 위 세계를 둘러봤다. 비슷하게 생긴 직사각형 책상 위지만, 원치 않게 책상에 앉아서 버텨야 했던 옛날과는 조금 다른 감상이 든다. 새로 꾸민 작은 직사각형 유니버스 위에서 나는 무엇이든 해낼 수 있을 것 같다. 뜨문뜨문하게나마 기록하는 일을 좋아하던 나는 이제 이 위에서 흘러가는 내 세계를 모조리 기록할 수 있을 것 같다.

각오는 그랬고, 당장 책상에 앉아 하는 일은 별반 다르지 않았다. 이상하게 책상에 앉으면 괜히 먼지도 한번 닦아야 할 것 같고 흐트러진 책도 재정렬해줘야 할 것 같다. 그래도 좋았다. 딴짓으로 30분을 보내도. 10분이라도 그 위에서는 새로운 일을 했다. 침 뮤다 사각지대 위에서는 결코 시작조차 되지 않았던 일이 의자에 똑바로 앉으니 시작되었다. 부모가 만들어준 유니버스에 속했던 시절에는 한 번도 생각해본 적 없던 책상의 '존재.' 그 위에서 매일 특별한 일이 벌어지지는 않지만 꼬물거리는 와중에 새로운 꿈들이 피어났다. 당장 거창하게 이룬 바는 없어도, 턱을 괴고 앉으면 계속해서 목표가 떠오르는 곳. 내게 책상은 그런 의미였다.

돼지국밥 예찬론자

꽃샘추위가 왔는지, 날씨가 급하게 다시 쌀쌀해진 어느 날, 이렇게 종잡을 수 없는 날씨라면 속을 우직하게 채워줄 국물이 떠오른다. 그중에서도 지방이 녹진히 녹아있는 돼지국밥이 제일로 먹고 싶고. 서울 변두리에 위치한 우리 동네에는 순댓국밥집은 있지만 돼지국밥집은 없다. 고향에서 동네 아무 국밥집이나 가도 보통은 하던 그 흔하디흔한 국밥 말이다. 원체 국물 요리를 좋아하는 터라 여기에 올라와서도 각종 국밥을 섭렵했다. 이곳의 육개장은 아랫지방의 소고깃국과는 달리 강력하게 칼칼해서 신선했다. 70년 전통을 자랑한다는 곰탕집에도 가 본 적이 있다. 일정한 두께로 썰어낸 소고기가 놋그릇 가득한 곰탕은 마치 서울 도련님처럼 멀끔한 느낌이 들었다. 더할 것도 덜할 것도 없이 깨끗하게 시원한

맛만 내는 깍두기도 말끔한 곰탕 국물과 딱 어울렸다.

소고기로 고아낸 곰탕 한 그릇이 전성기 폼의 남진 아저씨를 떠오르게 한다면, 돼지국밥은 나훈아 아저씨를 닮았다. 불투명한 국물에 든 무심코 툭툭 썬 돼지고기. 하지만 그 양만은 무심하지 않다. 동네에서 유명한 돼지국밥집의 뚝배기는 마치 '고기 화수분'을 연상케 한다. 밥과 고기를 내내 같이 떠먹어도 고기가 그치는 일이 없다. 돼지 잡뼈와 온갖 부위를 섞어 끓여 내다 보니 가끔은 약간의 잡내가 나기도 한다. 그럴 때는 액젓으로 무친 부추를 크게 한 젓가락 집어 투하해야 한다. 그 즉시 마법같이 냄새가 제거될 테니까. 마치 부추무침을 넣어주기를 기다렸던 것처럼. 부추무침과 돼지국밥의 국물은 정확히 한 세트라고 말할 수 있다.

돼지국밥에는 대파 고명보다도 부추무침인데. 서울의 어떤 돼지국밥집은 생부추를 줘서 슬펐다(그래도 대파를 주는 집보다는 낫다). 국물에는 새우젓을 반의 반의 반 수저만 떠 넣으면 간이 딱 맞는다. 국물 속에서 다시 한번 데워진 살코기 반, 지방 반의 고기 맛. 껍질은 탱글탱글하고 지방은 촉촉한 것이 마치 젤리 같다. 살코기역시 국물이 결결이 침투해 퍽퍽할 틈이 없다. 고기를 먼저 몇 점건져 먹은 뒤 공깃밥 하나를 슥슥 국물에 말아 본다. 넘치기 직전까지 뚝배기의 수위가 다시 차오른다. 맛이 지루하게 느껴질 때면한껏 양념된 깍두기 한 점도 곁들이면 좋다. '단-짠' 조화 못지않은 '느끼-새콤' 조합. 이건 과연 악마의 유혹에 견줄 만하다. 사업하던 아버지는 국에 밥 말아 먹으면 '사업도 말아먹는다'고 했다. 어린 시절 충격적이었던 그 캐치프레이즈에 국과 밥을 따로 먹는 습관이 들었지만 돼지국밥은 예외다. 밥알 틈새까지 고소한 국물이 꼼꼼히 침투하기를 기다려 훌훌 떠먹는 맛이 진짜다.

언제나 으슬으슬해지면 생각나는 건 돼지국밥인데 이사 온 집 근처에 있는 곳은 순댓국밥집뿐이다. 거기에도 돼지국밥이 메뉴판에 있기에 시켜본 적은 있다. 종잇장 같은 냉동 돼지고기를 국물에 가까스로 데쳐서 줬다! 최악이었다. 역시 돼지국밥은 돼지국밥집에서 먹어야 하나 보다. 그 맛있는 치킨도 이틀 연속 먹으면 질리던데 왜 돼지국밥은 매일 먹어도 괜찮을까?

돼지국밥이 없는 동네에서도 굳이 돼지국밥을 찾아대는 지금. 발 닿은 곳에 완전히 적응하지 못하고 익숙한 입맛만 고집하는 꼴이 여러모로 지금의 나를 보여주는 것 같다. 지방 도시 출신, 어린 시절부터 우리 지역의 장점만 들어왔다. 대학 입시 때는 '인-서울'에 실패해 속상했지만, 여기서도 많은 것을 배울 수 있으리라 여기며 그런 대로 즐겁게 대학 시절을 보냈다. 취업할 때쯤에야 내가 지방 출신, 지방대 졸업생이란 사실이 와닿았다.

'이름 들어본 회사는 전부 서울에 있구나.'

부득부득 서울에 올라왔으나, 어쩐지 나는 6년째 이방인인 것만 같다. 도저히 부드러워지지 않는 남쪽 말의 억양이, 이제는 조금 줄어들었다고 생각했지만, 한 마디만 입을 떼도 남들은 여전히 내

고향을 유추해 내고야 만다. 서울에 발 딛고 살지만 아직 완전히 자리 잡은 건 아닌 것 같다.

"과장님 커피 태워 드릴까요?"

"뭐? 뭘 태워?"

"과장님도 믹스 한잔 태워 드리냐고요."

"푸하하, 태워? 그것도 사투린가? 보통 타 준다고 하지 않나?"

"아 그래요? 태우다도 사투리인가요?"

"그래, 태우다는 냄비 태워 먹는 거 말하는 거잖아."

서울에 올라오고 6년 동안 태워 먹는다고 했는데…. 그동안 그럭저럭 알아들어 준 동료들이 참 고맙게 느껴진다.

"오 대리는 사투리가 몇 년째 여전하네."

"저희 고향 친구들은 이제 저보고 서울말 쓴다고 하던데요."

"이게? 하하하 아직 멀었어. 얼른 고쳐야지."

"아 네…."

'고치라고? 사투리를 왜 '고쳐야' 하지? 나를 사투리와 서울말을 둘 다 구사하는 이중언어 사용자쯤으로 여겨주면 안 될까? 어설 프긴 해도 서울말도 '할 수는' 있다고! 영어랑 한국말 둘 다 잘하는 사람은 멋있다고 하잖아!'

역시 내뱉지는 못하고 돌아와 자리에 앉아 생각만 했다. '지방에도 사람이 산다고! 지방에서도 잘 클 수 있었다고! 지방이라고 아주 별로인 건 아니라고!' 합리화를 해 보지만, 부모가 평생 지적에 있을 수 있고 온 친척이 가깝게 지낼 수 있는 서울 출신 동기를 보면 부럽지 않을 수 없다. '서울에서 태어난 것만 해도 스펙'이라는 자조적 문구가 틀린 말은 아니다. 그럼에도 오랜만에 만난 고향 친구가 몇 년 사이에 사투리를 완전히 없애고 완벽한 서울말을 내뱉으면 이 역시 기분이 이상하다. 심지어 배신감까지 든다.

"뭐고! 니 말투 왜 그런데."

오글거리는 마음에 괜히 툴툴댄다. 정작 본인도 사투리를 '덜 쓰려고' 노력은 하면서. 마음이 간사하다. 설 혹은 추석에 고향에 내려가 오랜만에 고향에 남은 친구를 만나면 내 말투가 변했다고 한다. 서울에서는 사투리는 언제 고치냐고 묻는다. 서울살이 6년 차인 나는, 여기도 저기도 속하지 못한 채 떠도는 기분이다. 아마 영원히 말투를 싹- 고칠 순 없을 것 같기 때문이다.

꿈의 가챠

안녕하세요! 저는 동그라미 초등학교 3학년 2반 오 양입니다.
저의 꿈은 대통령입니다.

저는 세모 중학교 2학년 1반 오 양입니다. 저는 커서 사람들을
돕는 의사가 되고 싶습니다.

저는 네모 고등학교 3학년 3반 오 양입니다. 저의 장래 희망은
……. 지망 학과에 따라 달라지겠습니다.

저는 서른 살 회사원 오 양입니다. 회사원이 장래 희망은 아니었
던 것 같습니다!

꿈의 크기는 신문지만 했다가 A4용지만 해졌다가 명함만 해졌
다가 완전히 타서 희뿌연 재처럼 공기 중으로 사라졌다. 마치 꿈

이란 이제 나와 동시대에 존재하지 않는 개념 같다. 오랜만에 '꿈'이라는 개념에 관해 떠올려 보자니 참 이상한 기분이 든다. 이제 아무도 내게 장래 희망을 묻지 않지만, 꿈이란 이제 스스로라도 떠올려서는 안 되는 금단의 상상 지대 같다.

R=VD?

간절히 바라면 이뤄진다고 하던데 과거의 나는 덜 간절했던 걸까? 아니면 애초에 꿈이 없었던 걸까? 곱하는 수 가운데 하나라도 0이면 무조건 0이 나와버리는 곱셈식처럼 결국 원하던 어떤 모습도 되지 못한 나. Vivid(생생한)와 Dream(꿈) 중에서 어떤 것이 부족했던 걸까? 휴, 100세 시대라잖아. 이제 인생을 30/100쯤 살았다고 생각하면서 다시 한번 '꿈의 가챠'를 돌려보고 싶다. "꼭 원하는 선물을 주세요!"도 아니고 "뽑기를 한 번 더 돌려볼 수 있게 해 주십시오" 정도는 정중히 요구할 수도 있는 거 아닐까?

뽑기 구멍에서 무엇이 굴러 나올지 확신할 수 없지만, 조몰락거려 미지근해진 동전을 넣고 탈칵 – 레버를 돌려 또르르 – 선물이 굴러나오는 기쁨을 다시 한 번만 경험할 수 있다면 이번에는 어떤 뽑기 통 앞에 설지부터 조금 더 신중할 텐데. 뽑기 통에 그려진 예시 사진을 꼼꼼히 구경하고 가장 갖고 싶은 선물을 주는 통 앞에 설 테다. 20년 전과 지금, 뽑기 비용이 10배는 올라버렸다. 그땐 100원이면 한 판을 돌릴 수 있었는데 이제는 500원짜리 2개가 기본이란다. 만약 시간이 더 지체된다면 그 비용이 더 기하급수적으로 오를지도 모르겠다. 다시 한번 뽑기 돌릴 동전을 열심히 모은 뒤 결연한 마음으로 그 앞에 서겠다. 이번에는 R=VD를 기억하며 레버를 돌리는 그 순간까지 매일매일 기도할 것이다. 두 번째로 굴러 나올 장래 희망은 '아무거나'가 되지 않도록 아주 '생생하게' 상상해야지. 동시에 형체 없이 흐물거려서 나조차도 알아보기 힘들던 '드림'도 좀 구체적으로 빚어둬야겠다. 혹시 아는가? 이번에는 천지신명도 내 노력에 감격하여, 가장 갖고 싶던 뽑기 캡슐을 떡하니 굴려내어 줄지도.

'회사원-1'로서 매일 아침 터벅터벅 회사로 향하는 재주밖에 없는 내게도 재능이란 게 있을까? 이번엔 제대로 꿈의 형상을 빚어보려 10년 만에 내게 실없는 질문을 던진다.

"너 회사원이 되고 싶었니?"

"아니."

"그럼 지금 회사는 왜 다녀?"

"뭐 그딴 걸 질문이라고 해? 회사 안 다니면 뭐 할 건데."

"회사원이 장래 희망이었어?"

"장래 희망이 딱히 없긴 했지만 회사원이 꿈은 아니었던 건 확실한 것 같아."

"근데 회사원이 뭐 어때서."

"회사는 꼭 정해진 시간엔 회사에 앉아있어야 하잖아. 난 월요일부터 금요일까지, 9시부터 6시까지가 앞으로도 30년은 내 인생에서 없다고 생각하면 앞이 캄캄해."

"넌 자유를 원하는 거야?"

"그런 것 같아. 생각해보니 난 여행을 할 때 제일 행복했어."

"여행? 그건 다들 좋아하는 거야, 바보야."

"그렇겠지? 근데 나는 여행지가 어디라도 좋아. 아프리카 사막 한가운데라도, 아무도 없는 남아메리카의 바닷가라도 상관없어. 새로운 곳이라면 늘 짜릿했어."

"지금 네 일상과는 너무 다른데?"

"오, 내 꿈이 생각났어. 원한다면 언제나 새로운 곳으로 떠날 수 있는 인생으로 해야겠다."

"뭐야, 장래 희망이라고 했잖아."

"직업이라고 특정 지은 건 아니잖아! 장래에 내 희망은 그냥 새로운 곳에 가고 싶다면 갈 수 있는 삶으로 할 거야."

도시에 남은 마지막 늪지대에 누워서 혼자만의 공상을 즐기다 결론에 도달했다. R=VD에서 Dream이 떠올랐다. 이제 남은 건 현실을 넘어서서 매일 확신을 가지고 상상하기. 그리고 각인된 부정적인 무의식을 긍정적으로 바꾸기 위해 '나를 위한 노력'을 매일 하기. 결국 온 우주가 나의 꿈의 가챠를 위해 협조해 줄 때까지. 이런 밑도 끝도 없는 상상을 하자 오랜만에 가슴 안쪽이 두근거렸다. 길을 걷다 보드라운 벚꽃잎 한 장이 우연히 내 손에 내려앉았을 때처럼 말이다.

5수에 빛나는

　운전면허. 그 대단치도 않은 자격증을 따는 게 참 힘들었던 사람이, 바로 여기에 있다. 직진만 할 줄 알면 면허를 준다던, 운전면허시험이 한-참 쉽던 대학 시절을 고이 떠나보내고 아주 뒤늦게야 '나도 면허를 따야겠다!'는 각오가 들었다.

　"면허는 뭐로 따야 해?"

　"우리 집은 다 1종이야. 1종 아니면 어디 가서 면허 있단 소리도 하지 마."

　가족들의 자신감 섞인 으름장에 큰 고민 없이 운전면허 학원에 가서 '1종 보통 면허' 연수를 신청했다. 요즘의 운전면허 학원은 최고의 효율을 위해 '연수 그리고 시험' 일정을 대단히 타이트하게 뽑아낸다. 기억이 맞다면, 4시간 동안 핸들을 잡아본 뒤 기능 시험을 쳤고 6시간 도로를 돌아본 뒤 도로 주행 시험을 쳤다.

　자동차라는 게 옆자리에 앉아있을 때는 엑셀-브레이크만 밟으면 잘 굴러가는 것 같더니 막상 운전학원의 커다란 포터 차량에 올라타니 머리가 복잡해진다. 벨트를 차고, 클러치와 브레이크를 밟은 채로 시동 걸고, 출발한다는 방향지시등도 적절히 켜고, 브레이크를 꾹 밟고 사이드 브레이크를 내리고, 클러치를 밟고 기어를 1단으로 넣는다…. 차를 1cm 굴리기까지 해야 할 일이 이리도 많다니 괜히 1종을 딴다고 해서는. 털털대는 산채만 한 포터(그때 내 체감은 정말로 산채만 했다.)로 경사진 면에서 금 안에 정확히 정지하기란, 얼마나 복잡하게 느껴지던지. 자주 시동이 꺼지고 어떨 때는 차가 뒤로 밀리기도 했다. T자 주차는 초보자에게 에베레스트 급 난이도였다. 포터가 때로는 내 생각보다 더 움직였고 때로는 덜 움직여 있었다. 상상하던 멋진 후진 주차는 절대로 불가능했고 나는 선생님의 호령 아래 사이드미러와 백미러만 한없이 번갈아 보는 미약한 존재로 전락해버렸다. 무엇보다도 가장 어려웠던 것은 가속 구간…! 얼마나 빠르게 클러치를 밟고 떼며 동시에 기어를 바꿔줘야 하는지. 내 손발이 이토록 협응되지 않는다는 사실을 느끼자 자괴감밖에 들지 않았다. 네 번의 포터 연수를 마쳤지만 아직 손과 발은 운전에 적응하지 못했다. 무심히도 연수 기회는 모두 흘러갔고 빡빡하게 잡아둔 기능 시험 날이 되었다. 시험 치러 가는 길까지도 의문이 들었다.

'이런 상태로 차를 몰아도 될까?'

역시 채점 기계도 같은 생각을 했나 보다. 기능 코스의 절반도 가지 못했는데 사이렌이 요란스레 울렸다. 더 이상 내 손과 발로 포터를 끌고 갈 수 없는 처지가 되자 담당 직원이 나(아니 차)를 데리러 왔다. 운전석에서 쫓겨나 조수석에 앉은 채 시작 지점으로 돌아가자니 죄지은 것 없이도 위축되는 기분이 들었다. 학원에서 1시간 더 연수를 받았다. 여전히 클러치를 밟는 왼발과 브레이크를 밟는 오른발 그리고 모든 것을 컨트롤 해야 하는 오른손이 물 흘러가듯 어울리지 못했다. 결과는? 두 번째도 역시 낙방이었다. 며칠 뒤에 친 3번째 시험도 마찬가지였다. 이쯤 되자, 주변인들에게 나의 합격 여부를 알리기가 진심으로 조심스러워졌다.

'면허를 3번 떨어진 사람이 잘 있을까…? 다들 나를 영 덜떨어진 사람으로 보는 거 아니야?'

4번째 기능 시험도, 탈락이었다. 상황이 심각해졌다. 이제는 주변 사람에게 알리기 부끄러운 수준을 넘어서 나조차 의문이 들었다.

'영 운동 신경이 없는 편은 아니라고 생각했는데…. 면허 5수라니 미친 거 아니야?'

대망의 5수 시험 날. 학원과 시험장 사이를 차로 데려다주는 셔틀 기사님조차 내 얼굴을 알아보고 뒤통수에 파이팅을 외칠 정도였다. 실패 경험이 덕지덕지 쌓일 만큼 쌓여서, 핸들에 손을 올리기만 해도 식은땀이 쭉 났다. 이제는 운전보다도 내 운동 신경에 전반적인 불신이 가득했다. 두 손과 발을 벌벌 떨며 간신히 클러치를 밟고 주차를 하고 기어변속을 했다. 지성이면 감천이라더니. 어젯밤 종이 위에 코스를 그리며 해야 할 일을 낱낱이 이미지 트레이닝 한 것이 효과가 있었나 보다. '5수' 만에 1종 보통 '기능 시험'에 합격했다! 합격의 기쁨은 찰나요, 사실 더 큰 산이 남았다. 바로 '도로 주행 시험' 말이다. 간신히 기능 시험 합격장을 얻어내었지만, 저 커다란 포터를 쳐다보니 여전히 한숨이 나왔다.

"2종으로 도로 주행은 바꿔서 시험 쳐도 되나요?"

"네, 반대로 하시는 건 안 되시는데, 1종 기능으로 2종 도로 주행하시는 건 되세요. 근데 힘들게 1종 하시더니 왜 바꾸시려고요?"

"아… 그냥 바꿔야 할 것 같아요!"

그렇다. 기어이 얻어낸 1종 보통 기능 면허를 그 자리에서 바로 포기했다. 나의 시간과 에너지 효율을 위해. 그리고 이 나라 도로와 지구의 평화를 위해. 다음 날, 노랗게 랩핑된 엑센트 차량 안에서 도로 주행 강사와 만났다. 발로 밟아야 할 것이 3개에서 2개로, 써야 할 발이 2개에서 1개로 줄자 운전이란 과업이 훨씬 쉽게 느껴졌다. 5수를 하는 동안 몸과 마음이 하드-트레이닝 되었는지. 오토 차량을 몰자니 운전이 이리도 쉽고 재미나게 느껴질 수가 없었다.

'어차피 네 인생에서 1종 차량을 몰 일은 거의 없을 거야. 2종 면허면 충분해! 다음에 필요하면 1종 따!'

군이 필요하지도 않은 1종 면허를 포기하고 현실과 약간의 타협을 했다. 샛노란 엑센트를 끌고 동네를 크게 한 바퀴 도는 날, 도로 위 그리고 세상이 이렇게 아름다워 보일 수가 없었다. 계획 '세우는' 시간을 좋아한다. 불행하게도 계획 '지키기'는 잘 해내지를 못하고. 아침엔 매번 다이어리의 데일리 페이지를 펴서 오늘 할 일을 5~6개 정도 생각나는 대로 쓴다. 그런 다음 시간과 중요도에 따라 우선순위를 매긴다.

'그래, 오늘 가장 먼저 해야 할 일은 알겠고…'

첫 번째 해야 할 일에는 몰입이 참 잘 된다. 첫 미션을 완수한 나는 더 재미있어 보이는 일에 우선 쉽게 손을 댄다. 아침에 세운 6개의 거창한 우선순위는 매일 점심시간 이후쯤 되면 기억에서 잊혀지고 다이어리 속에 잠든다. 다음 날 아침, 어제자 페이지를 펴서 해결 여부를 점검하기도 한다. 역시나 동그라미는 두세 개에 불과하다. 그래도 오늘의 새로운 계획을 짠다. 내가 6개의 목표를 온전히 해치우지 못할 걸 알면서도, 어제 못다 한 X 표시된 일을 오늘 페이지로 끌고 와 또 한 번 적어본다. 매일 6개의 계획을 세우고 3개라도 해낸다면, 하나도 이뤄내지 않은 날보다는 훨씬 대단하니까.

요즘 나는 '세상에 어려운 일이 너무 많다며 모든 걸 포기하려 하는' 나를 다른 쉬운 길이 있다며 살살 꼬셔가면서, '어차피 뜻대로 되는 건 없다며 아무것도 도전하지 않으려 하는' 나를 그래도 아무것도 안 하는 것보다는 훨씬 낫다며 어르고 달래 가며 챙겨가고 있다. 죽고 사는 문제가 아니라면 약간 내려놓을 줄 알기. 그리고 실패한다고 마냥 다 내팽개치지 말고 내일 또 도전하기. 나보다 중요한 일은 없으니까. 누구보다 나를 애정하는 내가, 나를 챙겨줘야 하니까. 현실과 약간은 타협하고, 아무것도 안 하는 것보다는 조금이라도 실천을 하자. 매일 실패를 하자. 실패하고 내일 또 도전하자.

우리 부장이 달라졌어요

내게는 작지만 종종 치명적인 고질병이 있다. 스트레스를 받으면 마음과 몸에서 팍팍 티가 나고 마는 것이다. 정신은 스트레스 받은 원인을 되새기느라 내내 바쁘고, 그 결과 몸에서 위경련이 일어나기도 한다. 그 경련이 시작되면 누군가가 나의 위를 위아래로 잡고 사정없이 비트는 것 같은 통증이 느껴진다. 그 누군가는 나를 대단히 미워하는 사람이 틀림없다. 그렇지 않고는 이리도 인정사정없이 남의 배를 쥐어짤 수가 없다. 보이지 않는 배 안쪽이 배배 꼬이기 시작하면 허리조차 펼 수가 없는 영겁의 고통이 시작된다. 작은 통증은 갖춰둔 진경제로 해결되기도 하지만 종종 그 통증이 심해지면 택시에 실려 병원으로 향하는 것 외에는 다른 해결책이 없다.

이런 위경련은 언제나 예고 없이 찾아온다. 배 부근이 싸한 느낌에 눈을 뜬 아침이라면, 어김이 없다. 규칙적인 식습관을 지향하는 나에게 산발적으로 발생하는 위경련은 아마 스트레스에 의한 것이리라 추정하고 있다. 회사 혹은 외부에서 받은 스트레스가 극심해지면 틀림없이 그 경련이 찾아오는 것으로 보아, 아마 마음의 병이 몸에 전염되는 형태가 맞는 것 같다.

입사 초기에 특히 위경련이 자주 찾아왔다. 완전히 낯선 환경, 낯선 사람들 속에서 1인분은 해내야 하는 시간. 신입사원이라면 누구나 감내해 내어야 하는 시간이지만, 개인에게는 적잖게 두려운 세계로 다가왔다. 당일에 휴가를 어떻게 사용하는지 몰랐다. 배 속 장기가 끊어질 듯 아파서 새우처럼 허리조차 펼 수 없는 아침에도 회사는 무조건 가야 하는 줄 알았던 시절. 엉엉 울고 싶은 심정으로 구부정하게 큰길까지 걸어가 택시를 탔다.

그런데 이럴 수가. 지난밤 숙취로도 아침에 휴가를 신청하는 사람이 있었다(물론 공식적인 병명은 아니지만). 몇 년 회사에서 구르다 보니 이제야 보이는 풍경이다. 아뿔싸. 떼굴떼굴 구를 만큼 아픈데도 굼벵이처럼 회사에는 꾸역꾸역 '기어' 온, 과거의 내 모습이 처량하게 느껴진다. 다음에 혹시 아침부터 위경련이 시작되면 반드시 당일에 휴가를 써야겠다고 다짐했다. 그 다짐으로부터 1년 반쯤 뒤, 아침에 눈을 떴는데 배 부근에 묵직한 복통이 느껴졌다. 위를 젖은 행주처럼 쫙쫙 쥐어짜는 듯한 고통으로 보아 위경련이다. 예전 같으면 어찌 되었든 일단 회사는 꾸역꾸역 갔겠지만, 입사 6년 차 이제는 그리 미련하게 행동하지 않는다. 얼른 휴대전화를 들어 '오늘 못 갑니다'를 전했다.

사실 요즘 회사에는 웬만큼 적응했고 다른 일로 인해 스트레스를 받았다. 구비해 둔 진경제를 먹고 다시 침대에 누웠다. 처음에는 허리조차 펼 수 없이 고통스러웠지만, 현대의학의 효능인지 점점 통증 강도가 낮아졌다. 고비를 넘긴 뒤에는 우유도 한 잔 따듯하게 데워 마셨다. 빈속보다는 뭐라도 위에 찼을 때 경련이 더 빨리 풀리는 경험을 했기 때문이다. 점심 때쯤, 동기에게서 카톡이 왔다.

"몸은 좀 괜찮아?"

"응, 한숨 자고 나니 좀 낫네. 역시 회사 안 가는 게 만병통치약인 듯."

"점심은 먹었어?"

"아니? 아직."

"그래? 이 부장이 너한테 죽 시켜주래."

"부장이? 미친 거 아님? 그 아저씨 왜 그래?"

"몰라, 나이 들어서 그런지 한풀 꺾인 듯."

"헐…."

"여튼 집 주소 찍어줘. 죽 배달시킬게."

"오키오키. 감사하다고 전해드려."

"응응."

점심시간으로 인해 죽집도 바쁜지, 1시간 하고도 10분 뒤 죽 배달이 왔다. 오, 이 부장에게 아프다고 죽을 다 얻어먹는 날이 오다니. 내일 해가 서쪽에서 뜨지 않을까 싶다. 한 끼에 다 못 먹을 줄 알고 죽을 두 통으로 나눠 담아달라고 한 건 아마 이 대리의 센스인 듯싶다. 포장 용기 뚜껑을 열어보니 소복히 담긴 전복죽에서 아직 김이 폴폴 올라온다.

'혼자 집에 있어도 죽 시켜 먹을 생각은 못 했는데, 이 부장 기특해.'

깻가루 고명을 슥슥 섞어 한입 떠먹어 본다. 전복죽을 내 돈 주고 사서 먹은 적은 없는 것 같다. '뭐야. 난 김치낙지죽 좋아하는데'라고 괜히 툴툴대 보지만 이미 한 통을 다 비웠다. 장조림도 야무지게 얹어서. 이 부장이 사준 전복죽이라 생각하니 더 맛나게 느껴졌다.

다음 날 아침, 사무실에 들어서자마자 이 부장이 알은체를 한다. "몸은 좀 어때? 참, 어제 죽 잘 먹었어?"

"네, 너무 맛있게 먹었어요. 덕분에 금방 나은 것 같아요!"

"그래, 내가 이 대리한테 특!전복죽으로 보내주라고 말했는데, 먹을 만했어? 나는 아플 때는 전복죽이 제일 낫더라고."

"네! 아 어쩐지, 전복이 실하게 들었더니 특전복죽이었습니까? 감사합니다."

"뭘 그런 거 가지고. 자주 아픈 줄 몰랐네. 앞으로 아플 거 같으면 미리 말해도 돼."

"맨날 당일에 아파서…. 이건 미리 증상이 없습니다…."

"그래? 그럼 아픈 날에는 쉬어야지. 다 먹고살자고 하는 짓인데."

"네. 감사합니다!"

"오 대리, 나 때문에 아픈 건 아니지?"

'당신도 약간의 책임이 있습니다요'라는 말은 꾹 참고

"아닙니다. 부장님 때문일 리가요!"

"그래, 그럼 다행이고. 얼른 가 봐."

"네! 감사합니다!"

남자도 갱년기가 오나? 입사 초기 호랑이 같던 저 아저씨에게 특!전복죽을 얻어먹는 날이 오다니. 괜히 챙겨주는 듯한 말투는 또 어떻고. 90% 확률로 밉기만 하던 이 부장이 70%만큼만 미워졌다.

PART 4

회사를 취미처럼,
취미를 회사처럼?

. . .

친구들아 잘 살고 있니?

여고 시절, 같이 헛소리 대잔치를 해대며 깔깔대던 친구들. 이제 그녀들을 한꺼번에 만나기는 하늘의 별 따기다. 명절쯤이나 되어야 고향에 모일 수 있지만, 그 가운데 각자의 일정이 가득했다. 이미 누군가의 와이프 혹은 며느리란 타이틀을 단 친구라면 명절에는 얼굴 보기가 더 힘들었다. 일찍 결혼해 이미 아기가 둘인 친구도 있다. 아이가 태어난 이후로 친구 카카오톡 프로필란은 아이 사진으로 가득했다. 아직도 철없는 나의 프로필 사진들과 전혀 다른, 점잖은 어른의 기운이 느껴진다. '부부 혹은 부모 됨'이란 흘러가는 나이와 별개로 어떤 내면의 변화 혹은 성장을 가져오긴 하는 것 같다. 각자 다른 속도로 흘러가는 인생 시계가 한참 다른 사분면을 가리키고 있는 친구와는, 자연히 얼굴 보기가 점점 어려워졌다.

친구 J는 잘 다니던 S사를 때려치우고 다시 학교로 돌아갔다고 했다. 옛날부터 교수가 되고 싶다고 하더니, 그냥 하는 말은 아니었나 보다. 박사까지 마칠 비용을 저축하곤 그 들어가기 어렵다는 대기업을 관뒀댔다. 도대체 공부에는 흥미가 없는 나로선, 믿을 수 없는 소식이다. 대학원 생활은 한간의 소문처럼 대단히 힘들다고 했다. 그런 말을 하며 투덜대는 친구 얼굴에서는 어떤 '살아있음'의 기운이 느껴졌다. 회사 시절보다도 더 늦게까지 일해야 한다며 앓는 소리를 하는데도 그 눈빛이 유리알처럼 반짝였다.

절친했던 친구 P는 인생이 목표한 대로 흘러가지만은 않아서 20대 내내 힘들어했다. 꼭 의사가 되고 싶다고 어릴 적부터 이야기했던 P. 의대는 참 콧대가 높나 보다. 성적에 맞추어 진학한 대학을 졸업하고도 가지 못한 길에 대한 미련이 남은 P는 다시 한번 도전해보겠다고 했다. 멀리 떨어져 사는 내가 해 줄 수 있는 것이라곤 때때로 커피 기프티콘 따위를 전송해 주는 일뿐이었다.

간호대를 졸업한 L은 친구 가운데서 가장 일찍 일을 시작했다. 휴학했던 내가 졸업도 하기 전인 24살부터 칼-취업에 성공해, 만날 때마다 밥을 사주던 고마운 친구다. 간호사는 취업도 잘되고 일도 보람차다며, 자기 일에 자부심이 대단한 모습도 멋져 보였다. 낮과 밤 구분도 없이 일하던 것이 4년쯤 되었을까. 이 친구도 전직을 선언했다. 낮과 밤이 끊임없이 바뀌고 병원 문화도 적응할 수 없을 것 같은 부분이 많다며. 간호사 면허를 이용해 소방공무

원에 도전하겠다고 했다. 한다면 하는 성격인 L은 공무원 시험도 1년 만에 해냈다.

서른 즈음, 사실 친구들처럼 극적인 선택을 해낸 친구는 몇 되지 않았다. 나를 포함한 대부분의 친구는 각자 분야에서 검정도 하양도 아닌 '회색'쯤으로 살아가는 것 같다. 대부분 제 삶을 밀고 당기는 커다란 파도에 몸을 맡긴 채 간간이 팔 정도 저으며 살아간다는 소식이 들려왔다. 오래전 친구들을 만나면 가장 친했던 때로 돌아가는 기분이 든다. 말은 순식간에 거칠고 유치해져 버린다. 20살의 모임과 30살의 대화가 다를 것이 없다. 간만에 신이 나 광대뼈 부근이 아플 때까지 웃고 떠들다가 그 자리가 깨지는 순간, 뒤집히게 웃기던 크기만큼 슬픈 기분이 든다. 타임머신이란 아직 존재하지 않는 게 분명하고 다시 나는 회사원으로 돌아가야 한다. 다시는 그런 날것의 표현과 눈 뒤집히는 제멋대로의 웃음을 지어선 안 될 것 같다. 사회인으로서 약간의 무게감은 있어야 하니까.

대학까지 지방에서 마치고 서울로 취업한 나는, 이곳에 친구가 많이 없다. '어른'이 된 뒤 새로운 '친구'를 사귀는 일은 상상했던 것보다 많은 노력이 필요했다. 때로 지인의 지인과 술자리를 갖기도 했고, 새로운 동호회에 가입하여 인간관계를 넓히려 시도하기도 했다. 외향적인 인싸이기를 희망하지만 어쩔 수 없이 그렇지 못한 나는, 그 시간이 얼마나 내면의 에너지를 빼앗아가는지 느끼고 그런 자리를 자연스레 포기해나갔다. 나와 생각 그리고 마음이 꼭 맞는 새로운 사람을 만나기 위해서는 수많은 맞지 않는 관계를 헤쳐나가야 했다. 그 과정에 점차 피로감을 느낀 나는 혼자만의 공간에 갇혔다가, 답답함에 밖으로 뛰쳐나갔다가 다시 내 공간에 틀어박히기를 반복했다. 한 토막의 말에도 즉각 기분을 알아주는 친구를 다시는 쉽게 만날 수 없으리라는 '확신에 가까운 느낌'이 들자 한동안 우울한 기분이 가득했다.

사회에서도 진정한 친구를 만날 수 있을까? 다행히도 영 가능성이 없지는 않은 것 같다. 이 양과 나는 회사 입사 동기였다. 이 양과 나는 이미 20여 년을 살아오면서 만든 각자의 공고한 세계가 있었다. 이미 친한 친구라던가 삶의 가치관 따위 말이다. 타인의 영역을 냉큼 침범하기를 꺼리는, 그렇지만 다른 사람과의 연결도 필수적인 점이 이 양과 나는 닮았다. 우리는 각자의 뿌리를 존중하는 느낌으로 살곰살곰 다가갔다. 동료로서 예의를 차리며 관계를 맺는 와중에 성향이 비슷한 둘은 자연스레 조금씩 친해졌다. 타지에서 맞는 생일에 각자 케이크 하나 사다 줄 사람이 없을 게 뻔해서, 서로의 생일엔 꼭 시끌벅적한 곳으로 저녁을 먹으러 갔다. 처음엔 출근하는 날만 연락을 했지만 점점 시도 때도 없이 연락을 주고받게 되었다. 마치 원래 친구였던 것처럼 각자의 뿌리를 보존하며 가지가 확장되는 형태다. 다행히 회사에서도 친구를 만날 수 있었다.

사회에서 만나는 친구가 더 좋은 점도 있다. '같이 늙어가는 처지'라는 명목으로 약간의 나이 차이는 무시할 수도 있으니 말이다. 한 살 한 살 차이가 크게 느껴지는 학창 시절과는 다른 점이다. 회사에서는 존재감 없이 지내는 민 과장. 처음에는 이 아저씨와 사적인 이야기를 나눌 기회조차 없었다. 아니, 그럴 마음이 들지 않았다는 표현이 더 정확하겠다. 회사에는 더 존재감이 공고해 별처럼 눈에 띄는 사람이 많기 때문이다. 이 아저씨는 남들이 눈에 불을 켜고 공부하는 '부동산, 주식, 코인' 같은 이야기에 별 관심이 없었다. 늘 목을 쭉 내밀고 모니터를 응시하기에 사무실에 기거하는 거북이 같기도 하다. 몇 년이나 그 자세를 고수했는지 약간 굽은 목과 등. 도대체 회사 일에도, 재테크에도 크게 관심이 없는 그는 어디서 인생의 재미를 찾는지 궁금하기는 했다. 딴짓이라면 '자리에 틀어박혀 뭔가 읽기'를 즐기는 듯한 민 과장. 돌이켜보니 입사 초기에 신입들에게 중고 책을 한 권씩 나눠줬던 것 같다. 그 낡은 책은 사실, 그대로 서랍 밑으로 들어갔었다. 연말이 되자 민 과장은 모두에게 또 책을 한 권씩 선물했다. 이 역시 감사 인사와 동시에 서랍으로 들어가고 말았지만.

어느 날, 서랍을 정리하는 중에 그 오래된 책이 나를 부르는 것 같은 느낌이 들었다. 2007년에 세상에 나와 이미 햇볕에 닳고 닳은, 표지가 시퍼렇게 변한 책을 열었다. 오래된 산문이 주는 담담함이 좋았다. 표지는 낡아 빠졌지만 가려져 있던 내용은 생생하니 그대로였다. 거북이처럼 등이 굽은, 이발할 때가 훨씬 지난 듯 머리가 덥수룩한 저 아저씨는 왜 사람들에게 책을 선물할까 궁금해졌다. 용기 내어 티타임에 민 과장에게 말을 걸었다.

"과장님, 왜 사람들한테 책을 선물하시는 거예요?"

"다른 것보다는 책이 좋잖아."

"책을 별로 안 좋아하는 사람도 있을 수 있잖아요. 그리고 매번 다 사서 주시려면 그것도 만만치 않을 텐데요."

"에이, 중고 책이라서 얼마 하지도 않아. 누구라도 읽고 재미있으면 좋은 거지. 안 좋아하면 어쩔 수 없지만…."

"매번 다 읽어보시고 선물하셔요?"

"내가 읽어보고 그 사람한테 필요한 내용으로 주려고 하기는… 하지."

회사에서 회사 일을 물어볼 사람은 많았다. 회사 일보다 더 어려운 건 '인생 일'이었다. 자주 낡아빠진 중고 책을 내미는 이상한 거북이 같은 아저씨에게는, 회사 일보다 더 어려운 문제들을 상의할 만했다. 그가 모두에게 선물하던 낡은 중고 책처럼. 껍질은 오래됐지만, 마음은 그대로인 친구를 찾았다.

사랑, 사랑, 사랑

믿음? 소망? 사랑? 모두 중요하다지만 요즘 내가 가장 푹 빠진 가치를 꼽으라면 하나, 사랑을 꼽고 싶다.

사-랑.

소리 내 읽어보아도 혀끝이 말리며 입천장을 스치는 느낌이 사랑스럽다.

사랑, 사랑, 사-랑.

발음할수록 귀엽고 유쾌한 기분이 가슴속에 차오르는 것 같다. 사람도 사랑하고 나의 일도 사랑하고, 8월에 풍덩 뛰어드는 차가운 바닷물도 사랑하는 사람이 되고 싶다. 그러고 보면 취미 혹은 관심사가 얕고 넓은 나는 사랑해온 주제가 참 많았다. 나의 사랑을 '과거 - 현재 - 미래' 쯤으로 나눠 이야기해보고 싶다.

가장 먼저 나의 '지난 사랑'에 관해 괜히 이야기해보자면, 기억이 시작되는 어린 시절부터 나는 참으로 산만한 아이였다. 가만히 앉아있는 일을 가장 싫어했고, 나름대로 바쁘게 어떤 것을 만들어내며 하루를 보냈다. 피아노를 치다가 색종이 접기를 하다가 자전거 타고 동네 한 바퀴를 돌고 학원 숙제도 짬 내서 했다. 그중에서도 가장 좋아하는 일은 손으로 무언가를 만들어내는 일과 자전거 타기였다.

손재주는 좋은 편이다(예술적 감각과 단순 손재주는 다르다). 초등학생 시절부터 엄마를 따라 뜨개방에서 뜨개질을 배웠다. 목도리라도 하나 뜨기 시작하면 멈출 수가 없었다. 한때는 가구 리폼에 꽂혀서 혼자서 방을 꾸며보겠다며 톱질을 하고 페인트칠을 하기도 했다. 다행히 부모는 꽤 허용적인 편이라 초등학생이 혼자 자전거를 타고 페인트를 사러 옆 동네에 다녀와도, 방 안에서 페인트 방울을 튀기며 가구에 색을 칠해도 그러려니 했다. 그 외에도 손으로 뭔가를 만들어내는 일은 언제나 나의 사랑이었다. 형형색색의 비즈로 목걸이나 팔찌를 꿰어 선물하는 일에 빠진 적이 있고, 한때는 스킬 자수와 십자수에 몰두하기도 했다. 이제 와서 종합해보건대, 생산적인 작업을 하고 산출물을 만들어내는 그 일련의 과정을 좋아했던 것 같다. 시기에 따라 그 종류는 다르지만 '몰두 그리고 결론'의 매커니즘은 부모 다음으로 만난 나의 오래된 사랑이었다. 일뿐만 아니라 사람도 마찬가지였다. 사람을 사랑하는 일도 종종 깊게 몰두하고 풍덩 빠져버리곤 했다. 사람을 좋아하고 경험하고 아파도 보는. 그 사랑은 딱히 결론이나 보상이 없어도 괜찮은, 유일한 행위였다.

과거의 사랑거리를 지나 요즘 찾은 '사랑거리'를 '자랑'하면 다음과 같다. 나에 대해 잘 모른 채 취업에만 몰두해 회사에 턱걸이로 입성했다. 문제집만 들여다봐야 했던 취준 시절에 지쳐서, 모니터 화면만 바라봐야 하는 회사 업무에 지쳐서 생산 활동을 멈춘 나는 극심한 무기력증에 빠졌다. 생산적인 일을 할 때 행복한 인간이라는 사실을 몰랐을 때다. '서울'에 있는 '회사'에 '정규직'으로 입성했는데, 모든 것이 바라던 대로 이뤄졌는데! 만사가 불만이었다. 부정적인 생각과 말이 끊이질 않았고 기분도 그 생각대로 펼쳐졌다. 우연히 감정을 글로 적어보는 경험을 했다. 짜증도 불만도 회사에서 칭찬받아서 살짝 기분 좋았던 일도 그대로 적었다. 누구를 만나 투덜대도 풀리지 않던 내면의 응어리가 손쉽게 없어지는 경험을 했다. 그래서 일기 쓰기를 사랑할 수밖에 없다. 더불어, 남에게 공감을 요구하며 화를 쏟아내기보다 종이와 펜으로 스스로 삭힐 수 있는 스킬을 익힌 나. 예전보다 조금 더 사랑하지 않을 수 없다. 동시에 서른 즈음에야 좋아하는 일을 찾았다고 자부할 수 있는 나. 더더욱 사랑해주고 싶다.

나와 남을 완전히 선 긋고 '나만' 사랑하던 시기도 있었다. 과거보다는 '경험 그리고 이해'의 폭이 넓어졌는지, 요즘엔 다른 사람의 입장 역시 '그러려니'가 좀 더 잘 된다. 내가 나를 사랑하는 만큼, 남도 자신을 사랑해서 그러려니 생각하면 완전히 이해 못할 일은 없었다. 앞으로 사랑할 거리를 떠올려 보자면 지금껏 감히 사랑하지 못한 것들을 좀 사랑해보고 싶다. '내 인생의 주인공은 나'라는 편협한 생각에 다른 생명체, 그러니까 동물과 식물 혹은 다른 사람들은 나만큼 존중하지 못하며 살아온 것 같다. 길가에 핀 꽃이라면 꺾어다가 우리 집을 장식해도 좋은, 소품쯤으로 여기며 살아왔다고 고백한다. 나의 욕심을 며칠간 채우기 위해 또 다른 생명체가 '죽어간다'는 생각을 하니 쉽게 대해온 것들에게 미안한 마음이 든다.

부모, 그들을 한없이 사랑하기만 하면 더할 나위 없이 행복하련만. 부모를 좋아하면서도 싫어했던 나는 요즘 내 모든 것이 그들의 '미니미'임을 느낀다. 미우나 고우나 닮아가는 모습에 종종 소름 돋을 때가 많다. 식성, 말투, 습관, 변해가는 체형과 얼굴 등. 이해할 수가 없어서 미웠던 모습을, 내 경험의 폭이 조금 넓어지고서야 조금은 이해한다. 내 부모가 부모 된 나이가 되어서야, 그들도 처음이었음을, 그들도 세상 모든 것이 어려웠음을 이해하게 되었다.

앞으로의 사랑거리를 또 하나 기대하자면 아직 찾지 못한 나의 동반자, 내 남은 삶을 끝까지 공유할 동반자를 만나 원 없이 사랑하고 싶다. 부족한 면이 너무 많아 인정하고 싶지 않았을 때는, 그저 부족한 면을 숨기고 완벽한 척하려 했다. 이제는 부족한 면을 드러내고 나 또한 그의 부족한 면을 감싸줄 수 있는, 그런 사랑을 하고 싶다. 일방적인 의탁보다는 쌍쌍바처럼 서로가 서로에게 보탬이 되는, 건강하고 진실한 사랑을 하고 싶다.

온갖 빛깔의 눈물을 위하여

소설가 한강의 어른을 위한 동화《눈물 상자(문학동네, 2008)》에는 시도 때도 없이 눈물을 흘리는 소년이 등장한다. 보통 사람들이 눈물을 흘리는 순간, 그러니까 슬프거나 기쁠 때를 제외하고도 소년은 모든 일에 눈물이 난다.

"갓 돋아난 연두빛 잎사귀들이 햇빛에 반짝이는 걸 보고 아이는 눈물을 흘렸다. 거미줄에 날개가 감긴 잠자리 한 마리를 보고는 오후가 다 가도록 눈물을 흘렸고, 잠들 무렵 언덕 너머에서 흘러든 조용한 피리 소리를 듣고는 베개가 흠뻑 젖을 때까지 소리 없이 울었다. 하루 일에 지친 엄마가 흔들의자에 앉아 쉬는 저녁 무렵, 길고 가냘픈 그림자가 벽에 드리워진 걸 보면서도 눈물을 흘렸고, 키우던 개가 열 시간 동안 진통을 하며 새끼 여섯 마리를 낳는 걸 지켜본 뒤로는 개들을 볼 때마다 눈물을 흘렸다."

어느 날 눈물을 수집하는 아저씨가 소년을 찾아왔다. 온 세상을 돌며 '화가 몹시 났을 때 흘리는 눈물, 거짓으로 흘리는 눈물, 자신의 잘못을 후회할 때 흘리는 눈물, 자신이 미워서 흘리는 눈물, 보고 싶은 사람을 보지 못할 때 흘리는 눈물, 기쁨에 겨워 흘리는 눈물' 등 온갖 눈물을 모은 아저씨. 이번에는 가장 순수한 눈물을 찾아 소년에게로 왔다. 마당에 핀 콩꽃만 보고도 눈물이 나던 소년은 어쩐지 그 아저씨 앞에서 눈물이 나지 않았다. 눈물을 얻기 위해서 기다리는 게 일인 눈물 장수 아저씨지만, 며칠 뒤 눈물을 팔기로 한 약속이 있어 다음을 기약하며 마을을 떠나려 했다.

그 순간 소년은 알 수 없는 힘에 의해 아저씨를 따라가기로 마음먹었다. 아저씨와 아이는 걸어서 며칠이 걸리는 마을로 함께 떠났다. 아저씨는 사람들에게 눈물을 사는 대가로 특별한 보답을 했다. 아저씨가 가진 '설레임 반짝이 가루, 웃음 반짝이 가루' 약간이면 눈물은 많이 가졌지만 기쁨이나 웃음을 가난하게 가진 사람을 행복하게 해 줄 수 있었다. 아저씨는 소년에게 반짝이 가루 약간을 뿌려줬다. 심장이 쿵쾅거리고 팔딱팔딱 춤을 추고 싶어진 아이는 세상 모든 것의 리듬과 즐거움을 모르고 지냈다는 느낌에 소스라치게 놀랐다. 눈물을 사고 싶어 하는 할아버지가 있는 마을로

가는 길에, 아저씨는 아이에게 밤이 깊도록 자신에게 눈물을 판 사람들의 이야기를 들려주었다.

"불이 나서 모든 것을 잃어버린 사람, 믿었던 친구에게 배신당한 사람, 아버지나 어머니 혹은 애인의 사랑을 받고 싶었던 사람, 자신이 하고 싶은 일이 무엇인지 끝끝내 찾아낼 수 없었던 사람."

남들의 이야기를 한껏 들은 것만으로도 소년은 인생을 꽤 오래 살아본 것 같은 감정을 느꼈다.

그들은 며칠을 꼬박 걸어 할아버지의 마을에 도착했다. 아기였을 때 이후로 평생 눈물을 흘려보지 못한 할아버지는 쉽게 울 줄 아는 소년을 부러워했다. 아버지가 돌아가시는 순간마저도 눈물을 한 방울 흘리지 못한 할아버지. 주변 사람에게 손가락질을 당하다 못해 결국 자신이 냉혈한은 아닐까 평생을 의심하며 살았다고 했다. 그럼에도 눈물이 나지 않아, 죽기 전에 꼭 한번은 울어보고자 눈물 장수 아저씨를 찾았다. 눈물이란 게 사람의 마음을 어떻게 움직이는지 경험해 보고 싶어, 가난한 할아버지는 자신의 전 재산과 눈물 몇 방울을 맞바꾸기로 했다. 눈물을 한 방울씩 녹여서 꼼꼼히 먹어낸 할아버지는 얼마간의 시간이 흐르고 가느다랗게 울기 시작했다. 감정은 점점 격해져 할아버지는 몸을 가누지 못하고 바닥을 구르며 눈물을 쏟아냈다. 한참을 울어낸 할아버지는 끝끝내 웃음이 섞인 울음까지 토해내기 시작했다. 기쁨의 눈물이었다.

"여동생에게 첫 조카가 태어났을 때, 고대했던 시험에 붙었을 때, 아내가 떠난 뒤 처음 심었던 살구나무가 어린 열매를 맺었을 때, 아버지가 밤새워 깎은 목마를 여덟 살 생일선물로 받았을 때."

할아버지는 평생 한 번도 흘리지 못했던 기쁨의 눈물을 뒤늦게 모조리 털어놓았다.

이 책에서는 영혼이 흘리는 눈물을 '그림자눈물'이라고 부른다. '울면 안 돼'라는 말을 많이 들으며 자란 사람은 눈시울이 찡해지긴 하지만 결국 눈에서 눈물이 흐르지 않을 때가 많다. 반대로 어떤 사람은 영혼은 울지 않는데 겉으로만 눈물을 흘리기도 한다. 눈물 장수는 그림자눈물의 결정도 가지고 있다. 그 '그림자눈물 결정'에 빛을 비추면 어떤 사람이 가진 그림자의 눈물샘을 볼 수 있다. 할아버지에게 그 빛을 비추자, 벽에 비친 할아버지의 그림자는 펑펑 울고 있었다. 두 살배기 아이가 젊은 여인을 바라보며 우는 중이었다. 할아버지는 두 살 무렵 엄마를 잃은 이후 충격으로 그림자 눈물샘마저 얼어붙은 것이었다. 자기 영혼이 흘리는 눈물을 마주한 할아버지는, 처음으로 제 눈물을 한 방울 흘렸다. 동시에 벽 속의 그림자 눈물샘에서는 커다란 눈물방울이 쉴 새 없이 흘러내리고 있었다.

조금 일찍 '성숙해지기'를 강요받는 사람이 많다. 건강한 눈물조차 흘리지 못하고 동화 속 할아버지처럼 '그림자눈물'만 펑펑 쏟고 있는 사람 말이다. 마땅히 눈물을 흘려도 되는 상황에서조차, 두 눈을 부릅뜬 채 고개를 하늘로 들어 다시 눈물을 눈 속으로 흡수시키고 만다. 눈물 장수가 평생 모아온 다양한 빛깔의 눈물 알갱이처럼 눈물은 슬퍼서만 흘리는 건 아니란 걸 이제야 조금 알 것 같다. 남은 삶 동안은 '울면 안 돼'라고 나를 윽박지르기보다 상황에 맞는 눈물을 펑펑 쏟아도 괜찮다고, 말해주고 싶다.

얼마 전에는 케이블 티비 프로그램에서 하는 '여고생 대상 댄스 경연'을 봤다. 한 소녀 댄스 크루는 플라멩코 댄서를 연상케 하는 붉은색 원피스를 맞춰 입고 비트에 맞추어 온몸의 관절을 세차게 돌렸다. 맨발로 딱딱한 바닥을 세차게 굴러 펄쩍 뛰기도 했다. 눈을 뗄 수가 없었다. 기성 댄서들만큼 무대 구성이 알차지도, 동작이 완벽하지도 않았지만, 그들의 움직임에는 춤의 기술을 뛰어넘는 무언가가 있었다. 댄스 경연이 펼쳐지는 텔레비전 앞에 앉은 관객은 눈물을 찍어내지 않을 수 없었다. 다시 생각해도 그 모습은 충분히 이질적이지만, 나쁘지는 않았다. 매체를 통해서지만 가쁘게 넘쳐흐르는 타인의 에너지를 전달받았다. 그 에너지에 감화될 수 있는 열린 마음이 내게 생긴 것 같아 좋았다.

눈물에 허용적이게 변하는 일이, '너도 나이 들어서 그렇다'고 말하는 사람도 있지만, 벅차게 기쁜 일 앞에서 축배의 빵빠레처럼 터져 나오는 눈물의 가치를 다시 잃고 싶지 않다. 울음이 있어야 웃음도 난다. 눈물이 마냥 나쁜 것만은 아니다. 먹고살 기반을 닦고 나에 관해 최초로 알아보느라 지난 삶을 바쁘게 보냈다. 처음 살아보는 세상이니, 완벽했다고는 자부하지는 못하겠다. 다시 돌아간다면 더 잘 한번 살아보고 싶긴 하지만 결코 그럴 수는 없는 노릇이다. 내 남은 삶을 부족했던 지난날만큼 더 알차게 살아보고 싶다. 나, 주변 사람, 주변 모든 것들과 괜찮게 지내며 가진 것에 감사하는 나날이 되기를, 나와 남을 행복하게 하는 일로 남은 생을 꽉 채우기를, 온갖 빛깔의 눈물을 건강히 쏟아낼 줄 아는 인생이 되기를 간절히 바란다.

뜨거운 냉커피

무슨 대단한 일을 하겠다고. 집에서는 집중이 잘 안 된다는 핑계로 약속 없는 주말이면 카페에 간다. 여름철 그 나들이에는 당연히 한 사이즈 올려 주문한 아이스 아메리카노가 최고의 동반자다. 창가 자리를 선호한다. 통유리창과 마주한 기다란 책상에 앉아 밖을 내다보자면, 비슷하지만 한 번도 똑같지 않은 풍경이 계속 흘러간다. 움직이는 기차나 버스에 올라타 바라보는 풍경만 변화무쌍한 줄 알았더니 앉은 자리에서 구경하는, 비슷한 듯 기어코 다른 풍경도 나름 매력이 있다. 주말을 맞아 약속에 나가는 것이 분명한, 완벽한 메이크업과 옷차림의 젊은 여자. 정성 들여 드라이한 긴 머리카락이 걸음걸음마다 찰랑거려 보는 나까지 신이 난다. 덥고 습한 오늘의 날씨가 저 공들인 화장과 즐거운 기분을 망치지 않았으면 좋겠다고 생각했다. 일요일이 모두에게 휴일은 아니다. 무더운 날씨지만 정장을 갖춰 입고 통화하는 사람도 지나갔다. 무언가 일이 잘 풀리지 않는 듯 보인다. 소리가 들리지는 않았지만 미간에 가득한 짜증과 속상한 기분이 창 너머로 들리는 것 같다. 전봇대 앞에 모아둔 폐지를 가지러 온 노인도 한 명 다녀갔다. 이 더운 날씨에 얇직한 몸으로 해내기 쉬운 일은 아닐 텐데. 다행히 이 카페에서 배송 온 물품 상자를 차곡차곡 정리해둬서 쉽게 리어카에 실어 가긴 했다. 마음이 대단히 따뜻한 사람은 못 되지만 이런 모습을 보면 약간 미묘한 감정이 든다. 폐지값이 많이 내렸다고 하던데, 저 많은 짐을 끌고 가서 과연 얼마를 받을 수 있을까 싶은, 주제넘은 걱정도 빠르게 지나간다. 길지 않게 바깥 구경을 마치고 완충해온 노트북을 꺼낸다. 노트북 뚜껑을 열고 무선 마우스의 전원도 켰다. 그 사이 진동벨이 울렸다. 내 커피가 나왔다는 소식이다. 얼른 쟁반을 들고 자리로 돌아와 한 입 쭉 들이킨다.

'아, 역시 카페인이 최고야.'

온몸에 피가 돌고 이내 진정되는 기분. 넓은 범위에서 보면 나 역시 약물 중독자가 아닐까 의심이 된다. 그러고 나서야 새로 맞이한 나의 취미, 글쓰기를 시작했다. 글쓰기란 참 실체 없는 취미다. 공예처럼 번듯한 결과물이 남지도 않고 운동처럼 몸이 점점

건강해지지도 않는다. 그 취미의 결과물은 노트 속에 마른 잉크
줄기로 혹은 컴퓨터 속에 약간의 데이터로 남아 있을 뿐이기에.
조금 더 써도, 덜 써도 티가 날 리가 없다. 물론 얼마를 쓰든 채근
할 사람도 칭찬할 사람도 없다. 변변치 않은 내 글을 읽어줄 사람
역시 없고. 매일매일 스스로 나아지고 있는지 그렇지 못한지 알
길이 없다.

새로운 내 취미가 잘 되어가고 있는지 도무지 확인할 방법이 없어 답답했던 나는, 요즘 비슷한 취미를 가진 사람들과 모임을 하는 중이다. 나의 의지는 잠깐의 각오보다도 얇아서, 사방에서 부는 바람에 매번 흔들리기 때문이다. 매일 적당량을 쓰고 공유하는 모임은 그래서 좋다. 의지가 쉬폰 커튼처럼 한 줄기 바람에도 흩날리는 나는, 약간의 강제성이 필요했다. 동시에 내게 공유된 다른 사람의 글을 읽고 그 속에 담긴 생각을 곱씹는 경험도 신선했다. 실제로 만나본 적도 없는 남의 이야기가 매일 불규칙적으로 날아드는데, 의외로 모두의 고민이 크게 다르지 않았다. 나이도 성별도 사는 지역도 모두 다르지만, 잘 살고 싶은 사람으로 하는 고뇌는 비슷한 맥락이 많았다. 크게 요약하자면 어른으로서 어른답게 살아가기, 사람 사이의 관계에서 오는 고민, 더 나은 미래를 위한 걱정 정도. 늘 내게 달라붙어 있던 트라우마나 걱정거리가 나만의 조용한 비밀인 줄 알았더니, 꽤 많은 사람이 비슷한 걱정을 안고 살아가고 있었다. 의외로 그 사실을 확인하자 안심이 되었다. 상처 하나 없는 사람은 없구나. 그렇지만 꿋꿋하게 잘 살아내고들 있구나. 그렇다면 당연히 나도 잘살 수가 있겠다. 타인의 삶이 내게 조용한 응원으로 다가왔다.

요즘에는 말 그대로 '평범한 오 양'의 사회생활 일기를 남기는 중이다. 띄어쓰기와 들여쓰기에 민감한, 형식에 살고 형식에 죽는 회사 보고서 앞에서는 손가락이 얼어붙는 것 같더니 아무렇게나

써 내려가도 좋은 이 사회생활 일기 앞에서는 손가락이 절로 움직인다. 오늘 마음 가는 대로 시작되는 글에 속상했던 마음, 들떴던 마음을 모두 녹인다. 생각과 동시에 키보드를 찍어 누르며 생각을 이어간다. 괜히 과장할 필요도, 일부러 괜찮은 척할 필요도 없다. 특별하지 못한 내가 겪은, 대단치 못한 사건을 그대로 적을 뿐이다. 카페에 와 처음 자리에 앉았을 때 거슬리던 끊임없는 주문 소리, 대화 소리, 접시와 포크가 닿는 차갑고 분명한 소리, 발걸음 쿵쿵대는 소리가 어느새 느껴지지 않았다. 노트북을 신나게 두드리다가 좁은 틈으로 누군가 지나가며 나를 친 순간, 깨달은 사실이다.

크게 한 입 쭉 들이키고는 잊고 있던 커피도 생각났다. 얼음이 다 녹아버렸다. 다시 한 입 마셔보니 차갑지도 뜨겁지도 않은 미적지근한 상태다. 시계를 보니 세 시간이 흘러있다. 가만히 앉아 있는 일을 제일 싫어하며 가장 못 하는 내가 맞나? 오전 근무 시간만큼의 시간이 찰나에 흘렀다는 생각이 들자 은근히 뿌듯하다. 오늘은 24시간 가운데 3시간을 온전히 나에게 집중했다. 그 경험은 무엇과도 바꾸고 싶지 않을 만큼 고귀하고 사랑스럽다. 이도저도 아닌 미지근해져 버린 아이스 커피 역시 이리도 사랑스러울 수가 없다. 일주일 중 대부분을 동태 같은 눈깔로 버티는 내게, 아직 집중 혹은 몰입하는 힘이 남아 있는 걸 확인했다. 말로 표현할 수 없이 행복하다.

칭찬이 필요하다. 치즈 케이크를 먹을까, 생크림 쉬폰 케이크를 먹을까? 아! 둘 다 사 먹어야겠다. 나는 그럴 자격이 있다. 방금 느낀 경험은 그럴 가치가 있다. 아메리카노는 차갑든 미지근하든 케이크와 잘 어울렸다. 노트북을 두드리고 싶은 만큼 두드리고 집으로 향하는 길, 몇 시간의 카페 방문으로 내 인생에 달라진 점은? 전혀 없다. 똑같은 차림으로 카페에 걸어갔다가 똑같은 짐을 짊어지고 돌아온다. 오늘 쓴 몇 줄의 글은 노트북 안에 몇 킬로바이트의 데이터로 남아 있을 뿐이다. 그런데도 기분이 엄청나게 좋다. 돌아오는 발걸음이 이렇게 신날 수가 없다. 오늘 대단한 글을 써내지도, 경제적으로 생산적인 행동을 하지도 않았지만, 내 뇌에 긍정적인 바람을 쐬어준 것 같다. 동태 눈깔에서 벗어나 눈 깜빡이는 시간조차 아끼며 집중할 수 있는 저력이 남아 있어 다행이라 생각하며 집으로 돌아왔다.

착한 놈 이상한 놈 미친 놈

　이쯤에서 회사 생각을 다시 한번 해 본다. 입사 6년 차, 아직 아무것도 모른다면 모르는, 아주, 아주 조금 알면 안다고 할 수 있는 나는 요즘 회사에 앉으면 갖은 생각이 든다. 회사에는 참으로 다양한 사람이 존재한다고. 굳이 분류하자면 착한 놈, 이상한 놈, 미친놈쯤으로 나눠볼까. 먼저 착한 놈에 관해 한번 이야기를 해 보자면, 회사에는 그 사람에 관해 생각만 해도 가슴이 짠해져 버리는 착한 사람이 있다. 안타깝게도, 착한 사람은 모두의 눈에 참하게 보이는 모양이다.

　"K 대리, 참 착해"라는 평가는 슬프게도 최소한 2가지 이상의 의미를 담고 있었다. 진정으로 건네는 칭찬일지, 매몰차지 않은 그의 심성에 대한 우려일지. 이는 상황에 따라서 달라지겠다. 그는 '일복'이 있단 말로, 혹은 '일머리'가 있다는 달콤한 칭찬으로 회사의 자질구레한 일들을 자연스레 떠맡게 된다. 회사생활 연차가 최소 두 자릿수 이상인 능구렁이 상사들에게, 착한 놈의 존재는 사무실에 나리는 한 줄기의 단비와 같다. "다 너를 위해서야"라는 말은 모든 상황에 쓰일 수 있다. 사실은 '너'가 아닌 '그'를 위해서일지도 모르지만. 누군가의 진심을 꿰뚫어 보지 못한 '착한 K 대리'는 자신을 진심으로 믿어주는 것 같은 상사의 응원에 다시 한번 힘을 낸다. 딸의 유치원 첫 학예회에 참석하지 못하고, 부모님의 수술 날에 부인을 대신 보내며, 부인 생일날에도 올해만 봐달라는 말로 용서를 구한다. 타고나길 쌀쌀맞지 못한 그는, 이 모든 일 앞에서 언제나 다시 한번 마음을 가다듬어 보지만, 종종 한방

에 몰려오는 사태 앞에서 와르르 무너지고 만다. 승진 연차가 도래한 팀원의 고과를 먼저 챙겨주기 위해, 누구나 인정할 만큼 고생을 한 그는 올해의 고과 평가를 포기하게 된다. 누구보다 열심그리고 진심이었음을 모르는 사람은 없지만, 회사생활이 다 그렇고 그런 거 아니겠냐는 또 한 번의 구슬림에 소주 한잔으로 상처를 소독하고 넘긴다. "내년에는 꼭 K 대리부터 챙겨줄게"라는 말. 언제까지 유효할지 장담할 수는 없다. 언제나 상황 혹은 마음은 변화하기 마련이니까. 어쩌면 회사에서 착한 사람은 여러모로 손해다. 회사 그리고 사람에 '진심'인 사람이 손해를 보는 이상한 구조. 지켜보기에 이보다 슬픈 일은 없다.

그런가 하면, 회사에는 이상한 놈도 존재한다. 단체생활에서 그는 그다지 임팩트가 없다. 타고난 눈치가 좋은 건지 아니면 진정으로 머리가 좋은 건지, 똑똑하지 않은 척을 하지만 감히 판단하건대 그는 누구보다 똑똑한 것 같다. 부장의 저 개떡 같은 설명, 그러니까 '이거, 그거, 저거' 따위의 대명사도 찰떡같이 알아먹는 걸 보면 말이다. 말의 요지를, 일의 핵심을 파악하는 능력이 뛰어난 것 같다고 할까. 그렇지만 결코 거들먹거리는 일은 없기에 그는 많은 사람으로부터 얇고 넓게 인정을 받고 있다. '쟤한테 맡기면 어느 정도 보장된다'는 암묵적인 믿음이 있다. 수많은 다급한 이슈들 앞에서 마치 내 일은 아니란 식으로 물에 물 탄 듯 술에 술 탄 듯 여유롭게 행동하곤 하지만, 아무도 그를 지적하지 않는 이유는 이러한 이상한 놈의 진정한 가치 때문이 아닐까.

그는 그다지 수다스러운 편이 아니기에, 무슨 생각으로 살아가는지 겉으로는 잘 티가 나지 않는다. 쉽게 곁을 내어 주지도 않기에 그에 관해서 잘은 알지 못하지만 회사 일에 일희일비하지 않고 언제나 평온한 태도, 맡겨진 일 정도는 깔끔하게 해내는 능력, 착한 놈과도 미친놈과도 유하게 지내는 유연성, 이 세 가지 모습만으로도 그는 후배들에게 은근한 롤모델이 되곤 한다. 이제 '라떼'의 경계쯤 되는 나잇대가 된 그는 결코 자신이 젊게 산다고 주장하지 않는다. 오히려 자신은 이제 '라떼'에 가까운 것 같다며 자조적 발언을 한다. '이제 나는 틀렸다'고 내내 말하긴 하지만 옷차림이나 자동차를 주제로 혹은 근거 없는 허세를 바탕으로 '나는 아직 젊다'고 역설하는 사람과는 다른, 진짜배기의 향기가 난다. 나이가 위아래로 10살은 차이 나는 팀원들도 그와의 대화를 마다하지 않는다. 그의 말에서는 근거 있는 뚝심이 느껴지지만 동시에 상대의 마음을 편안하게 해 주는 배려도 느껴지기 때문이다. 그는 위로부터의 지적에는 자기가 부족하다고 생각하고 아래로부터의 지적에는 자기가 틀렸다고도 다짐한다고 했다. 사소한 지적에도 속이 콱 상할 때가 있는 6년 차는 아직 상상도 못할, 직장생활의 '경지'다. 아직 회사생활 짬이 한참 부족한 나는 그가 참으로 이상하게 느껴진다. 종종 그의 온몸 주변으로 한 5cm 정도 되는 신묘한 기류가 흘러넘쳐 보이기도 한다. 회사라는 이 이상한 세계에서 내게 그의 존재란, 아직은 100% 이해하지 못한 신비로운 생명체와 같다.

착한 놈, 이상한 놈 그리고 마지막 놈은, 미친놈이다. 착한 놈을 떠올릴 때는 자연스레 가슴이 찡해졌는데 이 분야를 떠올리자니 가슴 한구석이 막 쓰다 버리는 이면지처럼 쪼그라드는 느낌이 든다. 미친놈에는 여러 버전이 있다. 혼자 20년 전 삐삐치던 시절을 사는 사람. 공감 능력이 부족한 (어쩌면 없는) 사람, 매사에 불만만 가득한 사람. 이 부류에 대해서는 많이 설명하고 싶지 않다. 각자 회사의 사무실을 떠올려 보면 자연스레 생각나는 사람이 한둘은 있으리라 믿는다.

회사 안에서 이 세 군상은 아주 얇은 실로 연결되어 있다. 종종 각자의 독특한 캐릭터가 있는 인물도 있지만 대부분의 직장인이 그렇듯 우리는, 흰색과 검정색 사이의 어느 지점에서 각자의 채도를 스스로 결정지으며 살아가는 중인 것 같다. 어디에나 밝음만 있다면 지나치게 눈이 부실 테고 어둠만 가득하다면 아무것도 이뤄지지 않을 테다. 회사에는 이 가운데쯤의 수많은 부서원이 있기에 오늘도 우리 회사는 망하지 않고 굴러간다. 그러니까 착한 놈만 있어도 일이 안 될 것 같고 이상한 놈만 있어도 단합이 안 될 것 같고 미친놈만 있으면 그냥 회사가 망할 것 같다, 이 말이다.

이렇게 건방진 소리를 해대는 나를 보고, 다른 사람들은 저 '놈 놈놈' 가운데 어떤 놈이라고 생각할까? 회사에서 되도록 모든 색을 탈탈 빼고 '긍정적이지만 효율적인 부속'으로 살아가려고 마음을 먹긴 했는데 다른 사람들이 어찌 평가할는지는 알 수가 없다.

아버지, 내게 정답을 알려줘

내 부모가 나를 낳은 나이 즈음이 되어, 생각해본다. 아버지는 요즘 '인구 소멸 가능성'을 말할 때 빠지지 않는 작은 시골 동네 출신이다. 동네에서 공부를 꽤 잘해 서울의 명문대에 갔다. 명문대 졸업장 하나면 괜찮은 회사에 곧장 입사할 수 있던 시절이다. 삼십 대 초반의 아버지는 서울에서 직장생활을 하다가 제 사업을 하겠다고 회사를 관뒀다. 그 사업 도전이 아버지의 꿈에 관한 일이었는지, 어쩌다 마주친 현실 때문이었는지는 모르겠다. 서른 살의 나는 그만큼 좋은 회사에 다니지 않는데도 회사를 당장 나갈 자신은 없는데 나름 강단이 있던 30대의 아버지였다. 어쨌든 30년 전엔 아버지가 서울에서 회사생활을 했던 까닭에, 종종 아버지가 내 서울살이에 공감하기도 한다. 당시에는 명절에 고향에 내려가려면 12시간도 넘을 것을 각오해야 했다며. 요즘의 서울살이 난이도는 아무것도 아니라고 으스대기도 한다.

그 남자와 평생을 함께 산 어머니는 사업하는 남자를 아주 싫어한다. 평범한 사람의 사업이란 잘 풀리는 날보다 잘 안 되는 시절이 더 길기 때문이다. 결혼 후 아버지가 회사에서 월급봉투를 일정하게 가져다주는 날은 얼마 되지 못했다. 부모는 목욕탕, 서점, 컴퓨터 회사, 소프트웨어 개발 업체로 별로 연관성 없게 사업 아이템을 바꿔갔다. 내가 걷고 말하기만 할 수 있을 만큼 어렸던 때, 30대 초반의 부모는 목욕탕을 열었다. 목욕탕은 아주 일찍 문을 열어야 하는 업종이다. 목욕탕을 하던 시절이 직접적으로 기억나지는 않지만 아주 이른 새벽, 눈도 못 뜬 나를 부모가 이불에 싸서 안고 가던 느낌은 대략 기억이 난다. 동시에 목욕탕은 아주 늦게 마치는 사업이다. 각자 남탕과 여탕 관리에 바쁜 부모 대신에 할머니가 나를 돌봤다고 한다. 가끔 할머니가 바쁜 날엔 목욕탕 마감 시간까지 그곳에서 부모와 함께 있어야 했다. 밤이 완전히 캄캄해지고 사람들이 모두 집으로 돌아가면 종종 뜻밖의 이벤트가 펼쳐졌다. 요즘 짓는 신식 목욕탕엔 '어린이 탕' 따위가 그럴싸하게 만들어져 있지만, 그 당시 동네 목욕탕엔 온탕과 열탕 그리고 냉탕이 전부였다. 여탕에는 뜨거운 물을 바가지로 퍼서 쓸 수 있게 만들어진, 어른 무릎까지 오는 수조가 하나 있었다. 몸을 담그는 게 목적이 아니라 뜨거운 물을 아껴 쓰게 하기 위해 존재하는 시설인 듯싶다. 늦게까지 매표실에서 기다리는 날에는 그 작은 수조에서 나 홀로 어린이 탕을 누리게 해줬다. 사실 남은 미지근한 수조에서 첨벙이며 노는 것뿐이었지만 내게는 시대를 앞서간 어린이 탕의 훌륭한 기억으로 남아 있다.

몇 년 뒤 부모는 뜬금없이 목욕탕을 접고 서점을 열었다. 한 여자 고등학교 옆에서 참고서와 문구류를 파는 서점이었다. 물론 동네 서점의 기능도 겸했기에 벽에는 일반 서적도 꽤 꽂혀 있었다. 서점 역시 부모가 온종일 가게에 매여 있어야 하는 업종이다. 유치원에서 돌아온 나는 부모가 서점 문을 닫을 때까지 그 곁에 알아서 놀며 기다려야 했다. 작은 사다리를 타고 키보다 훨씬 큰 벽장에 꽂힌 어린이 만화 따위를 골라 읽으며 시간을 때웠던 기억이 난다. 이즈음부터 내 기억은 본격적으로 시작되는데, 아직 삼십 대였던 아버지가 오토바이를 사겠다며 어머니와 실랑이했던 기억도 난다. 오토바이라니. 남자들은 그런 시기가 한 번쯤 오는 모양이다. 남동생이 몇 해 전 오토바이를 타겠다고 집에 통보했던 모습이 스쳐 지나가는 그림이다.

2000년대 초반, IT 바람에 매료된 아버지는 서점을 관두고 컴퓨터 학원을 열었다. 신문물을 익히는 일을 즐기고 좋아했던 아버지에게 그 시절의 IT 바람이 인생을 바꿀 기회처럼 보였던 걸까? 거기서 관두지 않고 소프트웨어 개발 공부에 박차를 가하여 직접 프로그램을 개발하는 회사를 차리기에 이르렀다. '벤처 기업'이라는 말이 유행하던 때였다. 그렇게 시작한 IT 벤처 기업 중에서 지금까지 명망을 유지하는 회사는 그리 많지 않은 것 같다. 네이버나 카카오를 꿈꾸며 시작한 일이지만 지금은 사라져버린 많고 많은 그 시대의 도전 중 하나일 뿐이다. IT 벤처기업의 꿈이 뭉개져 버린 이후로도 아버지는 많은 사업에 도전했다. 많은 사업에 도전했다는 말은? 그중 한 가지도 오래 잘 되지는 못했다는 뜻의 다른 표현이다. 전업주부였던 어머니 역시 생활의 전선으로 뛰어들어야 했다. 두 사람 모두 열심히 살지 않았다고 말하긴 어렵지만, 열심히 산다고 모두가 잘사는 건 아니라는 것을, 이제야 그 둘이 정비례하는 건 아니란 사실을 나는 조금 받아들인 것 같다.

자주 직업이 변하는 부모 아래에서 자라며, 돈이 잠깐 있다가 오랫동안 없는 환경에서 자라며 늘 꿈이 원대한 아버지와 달리 장녀의 꿈은 점점 작고 현실적으로 좁아져 갔다. 부모가 멘토가 되어주는 친구를 보면 부럽다고 표현하기도 부족한, 서러운 기분이 들기도 했다. 비빌 언덕이 탄탄한 금수저 친구가 부러웠다. 물질적으로 그리고 정신적으로 말이다. 겨울을 아직 서른 번도 지내지 않았지만, 그 짧은 와중에 혼란스러운 일도 참 많았다.

'이럴 때는 어떻게 하면 좋지? 둘 중에 어떤 선택이 최선일까?'

정답을 알고 싶었다. 너무 많은 전직을 거듭했지만, 그중 어느 한 분야의 전문가도 되지 못한 부모가 미웠다.

'둘 중 이게 나아!'

확실한 지름길을 알려주는 멘토 있는 친구가 눈물겹게 부러웠다. 분명 더 나은 선택이 있을 텐데 왜 내게는 인생의 정답을 알려주는 사람이 없을까, 홀로 슬퍼하기도 했다. 아버지가 나를 낳은, 어머니가 나를 낳은 때보다 조금 더 나이가 든 지금, 이제는 완전히 머리가 희끗희끗한 아버지와 약간씩 잔주름이 번져가는 어머니가 보인다. 종종 내가 아주 어리고 그들이 젊었을 때의 사진을 보면 소름이 돋는다. 어머니는 딱 지금 나만큼 날씬했고 아버지는 내 남동생만큼 몸이 탄탄했다. 유전자의 신비로움을 느끼는 동시에 내 미래가 슬쩍 그려지기도 한다.

'아마 20년 후에는 뱃살이 2배가 되겠군.'

첫아이를 안았지만, 지금의 나와 허리둘레가 비슷해 보이는 어머니는 요즘의 푸근한 인상과 달리 약간의 날카로움이 남아 있다. 오토바이를 타고 싶다며 그 필요성을 역설하던 아버지 역시 아직 청년이라고 부를 만했다. 그들 역시 30년 전에는 젊었다. 그들도 나만큼 혼란스러울 수 있었겠구나. 그들도 정답을 찾는 중이었겠구나. 부모라고 해서 태어날 때부터 엄마, 아빠인 건 아니었을 테니까. 정답을 찾는 내 부르짖음에 명쾌한 대답을 주지 못했다고 해서 원망만 해서는 안 되겠다. 전공과 일절 관련 없는 길로 끊임없이 돈벌이를 바꾸어 온 아버지가 미울 때도 있었다. 무슨 자신감으로 그 나이에 다시 공부를 시작했으며 요상한 사업을 벌였을까? 미웠다. 그도 나만큼 하고 싶은 일이 많았겠구나. 그도 나름대로 잘살아보려 발버둥을 쳤구나. 그의 나이가 되어서야 어렴풋이 그 입장도 이해를 해 본다. 동시에 요즘에는, '정답'이 있긴 한 걸까 싶다. 누군가는 인생에 정답은 없고 선택만 있다고 했다. 정답이란 건 세상에 없고, 너는 네 선택에 따른 결과에 충실하게 대응하기만 하면 된다고. 정말 우리 인생은 그저 선택의 연속이고 나는 내 선택을 겸허히, 묵묵히 받아들기만 하면 되는 것일까.

정답이 있는지는 확신할 수 없지만 지금 말할 수 있는 확실한 진리는 하나 있다. 꾸준함은 다름을 만들어 온다는 것. 괜히 도덕 교과서에서 성실, 근면 같은 덕목을 강조하는 게 아니라는 것. 정답이 있든 말든, 스스로 발견한 한 가지 진리에 충실하며 살아가고자 한다.

30년 만에 찾은 단 하나의 팩트

세상이 어렵고 힘들게만 느껴졌을 때는 고슴도치처럼 세상 모든 일에 가시를 세웠다. 남의 말을 곧이곧대로 받아들이지 못하고 애써 꼬아 들으며, 나와 남을 괴롭게 바라보았다.

"누가 좋은 아파트 샀대."

'원래 집이 부자인가 보지 뭐.'

"친구 누가 책을 썼대."

'원래 소질이 있는 앤가 보지.'

모든 일에 '쿨하게' 반응하는 것만이 할 수 있는 유일한 대응이었다. '쿨'하게 넘김과 동시에 그 결과까지의 과정은 깊게 생각해 보지 않았다. 대단한 일이란 타고나길 대단한 사람만이 해낼 수 있는 것으로 치부하며 살아왔으니까. 이러한 지난 삶 가운데서

'성실, 노력' 같은 가치는 종종 우습게 느껴지기도 했다.

'모든 건 유전자발이야. 어차피 잘난 사람만 잘난 거야. 평범한 너는 절대 못 하니까 송충이는 솔잎이나 뜯는 게 좋아.'

솔잎에 만족하며 살아왔지만, 언제부턴가 채울 수 없는 허기가 느껴졌다. 송충이가 꿀을 꿈꾼다? 내 지난 세계에서는 있어서는 안 되는, 있을 수 없는 일이었다. 송충이도 꿀이 한 번은 마셔보고 싶어, 꿀 먹는 곤충의 행태를 관찰했다. 관찰 결과, 꿀을 얻어내는 곤충들에게도 꿀이 쉽게 주어지지는 않았다. 한 방울의 꿀을 얻기 위해서는 끝없이 찾고 옮기고 모으고 지키는 과정이 필요했다. 송충이는 다른 곤충의 노력은 한 번 들여다보지도 않은 채 '꿀 빠는' 결과만을 부러워하고 미리 낙담한 것이다.

멋진 드레스를 입고 무대 위에서 유려하게 연주하는 피아니스트의 모습만 기억했다. 그 순간 한 곡을 완벽하게 선보이기 위해, 그가 얼마나 그 곡을 연습했는지는 들여다보려 하지 않았다. 혹은 이 곡을 연습하기 훨씬 이전부터, 그가 평생 기울여온 노력 역시도. 무대는 그가 피아노에 바친 몇십 년이 10분의 연주로 승화되는 순간이었다. 소설가 김영하도 작가는 문장 수집가라고 했다. 작가라고 해서 그럴싸한 스토리가 뿅 하고 쉽게 떠오르진 않는다고. 재능있는 작가조차 일상에서 아이디어를 얻고 놓치지 않기 위해 처절히 노력하는 중이었다. 점 하나 찍은 현대 미술 작품이 몇십억에 팔렸다고 할 때, '그게 무슨 의미가 있길래? 현대 미술은 똥이야'라고만 비웃었다. 그 점 하나를 찍기 위해 화가가 선 긋기부터 갈고닦은 세월은 고려하지 않았다. 늘 남들의 발전 과정은 좀처럼 들여다볼 각오는 하지 않은 채 나의 부족함만을 감추기 위해 애써 쿨한 척한 건 아니었나, 요즘은 조금 반성이 된다.

백조. 진부한 표현이지만 물 안팎의 모습이 전혀 다른 백조에 성공한 사람들을 비유하고 싶다. 우아한 겉모습을 보고 우리는 그들의 타고난 재능만을 극찬한다. 동시에 평범한 내게 한계를 덧씌우며 스스로 발전을 막는다. 백조가 얼마나 발을 쉬지 않고 저어서 여기까지 왔는지, 혹은 지금도 얼마나 빨리 발을 젓고 있는지는 관심이 없다. 좀 더 많은 사람과 대화를 나누고 다양한 이야기를 읽은 다음에야 한 가지 사실을 알게 되었다. 백조고 오리고 제 단계보다 앞으로 나아가고 싶다면 성실만이 답이라는 것을.

나를 포함한 요즘의 세대는 학창 시절부터 줄기차게 들어온 '성실'이라는 가치에 알레르기를 느끼는 것 같다. 나름대로 성실했지만, 선생님과 사회가 약속한 만큼의 보상은 얻지 못해서 그 가치에 더 지쳐버린 것 같기도 하다. 노력을 '노-오오력'이라고 일컬으며 폄하하는 분위기가 팽배하다. '노오오력'한다고 모두 이뤄지는 건 아니지만 슬프게도 내게는 그밖에는 별다른 도리가 없다. 탁월한 사람은 그 자리로부터, 평범한 사람은 내 자리에서부터라도. 결국 노력 없이는 어떠한 일도 일어나지 않는다. 그 사실을 깨끗이 인정하고 나니 오히려 후련한 마음이 든다. 가지각색인 인생 출발선 혹은 타고난 재능은 내가 어찌할 수가 없는 운의 영역이다만, 가지고 태어난 손바닥만하게 작은 능력들이라도 찾고 모아서 한 장으로 기워가는 건 성실의 영역이라고. 어제와 똑같이 살고 싶지 않다면 노력하는 수밖에는 없다고 인정하기로 했다. 변하지 않는 사실을 인정하고 나니 두 가지 측면으로 마음이 편해졌다.

"누가 좋은 아파트 샀대"라는 말에 '원래 부자겠지'라고 생각하며 마음의 빗장을 걸 때, 부럽지 않으려 노력하기에 '억지로 부럽지 않을 수는' 있었다(그래도 솔직히 부러웠다). 하지만 빗장을 굳게 쳐버린 내게 어떤 변화도 일어나지는 않았다.

"친구 누가 책을 썼대"라는 말에 '와, 책 내기가 얼마나 어려운데. 회사 다니는 애가 그걸 해내기가 얼마나 어려웠을까. 완전 대단하다'라고 남의 숨은 노력을 인정하기로 했다. 부러우면 부럽다고도 그대로 인정했다. 억지로 부럽지 않으려고 쿨한 척하는 것보다 마음이 편했다. 노력하면 이뤄지는 사례도 봤으니 나도 내 나름의 노력에 매진하면 됐다.

'다른 사람의 성공을 부러워할 일로만 여기지 않고 내 삶의 긍정적인 원동력으로 삼기.'

매사에 가시 세운 고슴도치처럼 반응하기보다 훨씬 도움이 되는 해법이었다. '노오오력'에 알레르기를 느끼고 억지로 외면한 세월이 길다 보니, 다시 성실한 태도에 가까워지기가 어렵다. 획획 빠르게 변하며 알차게 웃겨주는 매체가 손쉽게 쏟아지는 시대에 사는데 내가 아주 눈곱만큼씩 나아지는 걸 눈치채기란 실로 어려웠다. 하지만 어려운 일이기에 내 눈곱만한 발전을 발견했을 때의 기쁨은 말로 표현할 수 없이 컸다. 그 변화를 한번 느끼자 저절로 부지런함에 조금 더 높은 점수를 주고 싶어졌다. 정해진 길을 따르기 위해 하는 노력이 아니라 진정한 '나'의 발전을 위해 기울이는 노력은 그 과정만으로도 즐거웠다. 새로운 취미와 함께 생활 속에서 나만의 가치를 꾸준히 만드는 방구석 아티스트로 살아가고 싶다. 진인사대천명? 지성이면 감천이다? 옛말이 영 근거 없는 건 아닌 것 같다. 나는 그저 할 수 있는 일을 오늘도 조금씩 해가며, 앞만 보는 애벌레처럼 약간씩 나아가야 한다.

몸과 마음이 건강하고 싶은
자취생을 위한 제안

요즘 많은 현대인이 겪는다는 마음의 감기. 나 역시 감기를 살포시 앓았었단 사실을 어렴풋이 알아챘을 때, 그 조용한 소용돌이 가운에서는 인지하지 못했던 '덜 건강한' 습관의 신호가 눈에 들어오기 시작했다. 다시는 마음의 감옥에 갇히고 싶지 않아서, 요즘 꼭 지키려 하는 루틴에 관해 이야기하려 한다.

운동

몸과 마음은 독립적이지만 유기적으로 협조하는 관계인 줄 알았다. 더 심하게는 마음이 무언가를 몸에 명령하면, 몸은 그 지시를 따르는 수동적인 사이쯤으로 여기기도 했다. 마음을 가다듬기 위해 마음을 들여다보는 데만 집중했는데, 노력만큼 즉각적인 효과를 보지 못했다. 물론 처음에는 '몸의 건강'을 위해 시작한 운동이다. 당장 운동하지 않는다고 해서 내일의 내가 아픈 건 아니기에, 사회초년생에게 운동이란 결코 의무도 아니다. 복잡하게 생각할 것 없이, 뛰는 만큼 땀이 난다. 운동한 만큼 다음 날 근육이 당긴다. 필수적이지도, 스마트폰만큼 즉시 즐겁지도 않은 행동을 굳이 해대는 건 그만큼 나를 사랑하는 마음이 다시 생기기 시작했다는 증거이기도 했다.

의외로 마음과 몸의 관계는 이전에 생각하던 '주-종 형태'가 아니었다. 마음이 몸에 일을 시키기도 했지만, 몸이 마음에게 투덜대기도 했다. 일어나자마자부터 몸이 찌뿌드드하게 시작된 날, 종일 만사가 잘 풀리지 않는 경험을 했다. 신체적 컨디션이 정신에 지속적으로 영향을 미치기도 했다. 마음이 건강해지려면 몸도 잘 챙겨야 한다. 참 어려운 관계다.

꼭 '건강하기 위해 하는 거창한 운동'이 아니어도 좋다. 지금 이야기하는 운동에는 '몸을 가볍게 움직이는 행위'도 포함된다. 즉각적으로 해결되지 않는 생각 무한 감옥에 빠져버렸을 때, 결코 몸을 움직이고 싶지 않은 그런 때에도 몸을 억지로 일으키는 일은 도움이 된다. 답도 없는 생각이 꼬리에 꼬리를 물고 머릿속을 엉망으로 만들 때 억지로라도 몸을 일으키려 한다. 일어나 집 안을 청소하거나 괜히 미지근한 물을 맞으며 씻기도 한다. 혹은 카드 한 장을 달랑 들고 괜히 15분 정도 걸리는 카페까지 걸어가기도 한다. 생각의 흐름을 끊어줄 사건을 강제로 부여하는, 나름의 노력이다.

잘 챙겨 먹기

안타깝게도 자취하는 사회초년생은 1인 가구의 책임자로서 해야 할 일이 많다. 집안의 가장이지만 요리사이기도 하고 청소부 역할도 적당히 해내야 하는, 실로 막중한 1인의 존재다. 우선 우리 가정의 가장님을 잘 모셔야 한다. 쉽게 손 가지 않는 야채를 억지로라도 마트에서 사 와서 대접했다. 그마저도 귀찮다면, 씻어 손질해 배송하는 샐러드를 종종 시켰다. 배달 음식과 인스턴트 식품은 너무 쉽고 집밥은 갈수록 멀어져 가지만, 가장님이 변비에 걸리지 않게 어떤 형태로라도 건강식을 제공하려 노력했다.

딸기를 좋아한다. 사과나 귤 같은 단단한 과일을 좋아했다면 그나마 덜 슬펐을 텐데. 한 팩에 만 원도 넘는 향긋한 딸기가 과일 중에서 사실은 가장 좋다. '꼭꼭 씹는다'는 또 하나의 일거리가 없어도 괜찮아서 그런 걸까. 열심히 씹지 않아도 입안에 곧장 스며들며 향긋함만 남기는 과일. 딸기라면 한 팩도 앉은 자리에서 금방 끝장낼 수 있다. 겨울, 마트 과일 코너 앞에서는 매번 갈등이 시작된다.

'만 오천 원? 딸기는 왜 매년 비싸지냐? 사 먹을까 말까?'

'이렇게 일하는데 딸기도 못 사 먹어서 되겠냐!'

조심스럽게 씻어낸 딸기를 한 입 베어 물면, 가장 자연스러운 단맛과 신맛을 섞은 상큼함이 입안에서 터진다. 잠시나마 회사에 감사하게 된다. 돈으로 행복을 살 수 없다고 했는데 이 순간엔 만 오천 원으로 행복을 사 온 것 같다.

여름에는 복숭아만 주의하면 됐었는데 요즘에는 샤인머스켓이란 신식 과일이 나와서 큰일이다. 한 송이에 이만 원에 육박하지만, 그 통통한 포도 한 알도 한 알의 딸기 못지않게 보람차다. 통장이 텅장으로 변한대도 가끔은 행복도 입으로 주입이 가능해서 다행이다.

공간을 청결하게 유지하기

마음이 조용히 소용돌이칠 때는 눈치채지 못했던 사실이 있다. 그럴 때마다 내가 사는 공간은 엉망이 되어버렸다. 하나쯤이야 뭐, 하는 마음으로 아무렇게나 둔 물건들이 바닥에 쌓였다. 벗은 채로 내던져둔 옷더미 때문에 내일 입을 옷을 찾기가 힘들었다.

화장대 위 물건들이 쓰러지고 섞여도 치울 각오가 들지 않았다. 결국 하나둘 섞이고 무너진 물건들은 내 정신마저 쓰러트렸다. 혹자는 '사는 공간은 생각의 전시'라고도 했다. 그 속에 엉겨 살 때는 느끼지 못했지만 슬프도록 정확한 비유인 것 같다. 먹고, 입고, 자는 문제를 모두 혼자 해결해야 하는 주체로서 이 모든 것에 완벽하기란 쉽지 않기에 최소한의 정리에 만족하려 한다.

◆ 모든 물건은 귀찮아도 제자리로.
◆ 설거지는 가능하면 빨리.
◆ 자고 일어난 자리는 돌아올 나를 위해 미리 정리해두기.
◆ 미루면 심각해지는 욕실 청소는 그때그때.
◆ 바닥에는 그 어떤 것(물건, 먼지)도 방치하지 않기.

이 다섯 가지 코웃음 나올 만큼 만만한 수칙만 지켜도 내 공간이 무너지는 일은 없겠다. 왠지 모아놓고 보니 엄마의 잔소리가 생각나는 수칙들이다.

너무 늦게 자고 일어나지 않기

아침형 인간이 되라는 말이 아니다. 지나가는 오늘이 아쉬워, 다가오는 출근이 두려워서 잠들지 못하고 어둠 속에서 작은 화면을 들여다보며 버티는 밤들이 많다. 잠들지 못하고 서성이는 시간, 주로 생산적 생각보다는 부정적 감정이 올라오곤 했다. 밤에 우리는 더 쉽게 감성적으로 변하고 생각이 꼬리에 꼬리를 문다. 밤에만 찾아오는 그 감성을 나를 위한 에너지로 쓰면 좋겠지만, 그렇지 못하다면 최소한 일찍 자고 일찍 일어나는 편이 그보다는 나았다.

고통스러운 알람 소리로 시작된 아침이 매번 어떻게 전개되는지 수백 번 경험하면서도 바꿔볼 생각을 하지 않았다. '원래 아침잠이 많은 편이라 그렇다'고 치부해왔다. 우연한 계기에 30분 일찍 일어나 시작한 하루, 변화의 계기가 되었다. 5분으로 지각과 무사 입성이 결정되는 전쟁 같은 아침 시간의 30분은 대단히 큰 차이였다. '아침이 여유로우면 하루가 여유롭다' 따위의 말은 아침형 인간들이 지나치게 으스대는 이야기인 줄 알았는데, 영 틀린 말은 아니었다. 미우나 고우나 바꿀 수 없는 사실은 하루의 시작이 아침 시간이란 점이다. 얼렁뚱땅 고통스럽게 시작되어버린 하루가 즐겁게 변화할 가능성은 그리 많지 않은 것 같다.

하루에 한 가지라도 '나'를 위한 일을 하기

현대인은 너무나 바쁘다. 가장으로 나를 벌어 먹여 살려야 하고 가족에게도 적절한 역할을 해야 하며 친구들과도 연락을 끊을 수 없고 회사에도 성과를 가져다줘야 한다. 이토록 바쁜 가운데서 가장 쉽게 나를 위한 이벤트를 포기하곤 했다. 반드시 해야 하기 때문에 하는 일이 아닌, 하고 싶어서 하는 일은 우선순위에서 가장 빨리 매번 밀려났다. 운동이나 좋아하는 취미생활, 맛있고 건강한 요리, 나를 위한 작은 선물 같은 것 말이다. 매일 해야 하기 때문에 하는 일을 쳐 내는 데에만 급급하여 살다 보면 결국은 '번 아웃'이 올 수밖에 없다. 꼭 해야 하는 일마저 해낼 수 없는 정신적 자포자기 상태 말이다. 그전에 하루에 한 가지라도 나를 위한 루틴을 일과에 포함했으면 좋겠다.

우울증은 현대인의 감기라고 했다. 바이러스는 공기 중을 티 나지 않게 떠다니다가 언제 시작되었는지도 모르게 나를 감염시킨다. 가볍게 앓고 지나갈 때도, 열이 38.9도까지 끓을 만큼 아플 때도 있다. 한 번 앓았다고 다음 겨울에 또 앓지 않는 것도 아니다. 방심하는 순간, 또 코를 훌쩍이고 만다. 그 바이러스가 내게 다리 뻗고 누울 수 없게 우리는 갖은 방법을 써야 한다. 밖으로 나갈 때 행복한 사람은 나가서, 혼자 해내는 것들에서 에너지를 얻는 사람은 그 과정에서 현대인의 감기에 걸리지 않게 지속해서 유의해야 한다. 해야 하기에 하는 것들에 매몰되기 전에 나를 돌보는 데도 최선을 다해야겠다.

PART 5

그래서 나는

•
•
•

여전히 9시 착석

  내면의 시계가 어떻든, 오늘도 현실의 시계는 똑같이 돌아간다. 고민을 통해 이전보다 약간 더 나은 사람이 된 것 같지만 당장 현실이 달라질 리는 없다. 8시에 집에서 나가서 9시에 사무실 안 의자에 착석. 6시까지 어찌 되었든 그 안에서 지지고 볶기. 회사원이 된 뒤로 단 한 번도 아침에 일어나며 '즐겁다'고 생각한 적이 없었다. 매일 새 아침이 오지 않기를 바랐고 간신히 맞은 주말마저 순식간에 끝나버릴까 봐 불안했다. 일요일 저녁부터 불안하다가 얼마 뒤엔 토요일 오후부터 우울했다. 회사원으로서 느끼는 찐- 행복의 순간은 금요일 6시 회사에서 풀려날 때(?)뿐이었다(금요일에 회사에서 튀어 나갈 때 나도 모르게 탄성을 입 밖으로 내질러 동료들에게 비웃음을 산 적이 많다).

월요일부터 금요일까지는 내 의지로 결정할 수 있는 일이 거의 없다. 24시간짜리 5일이 모조리 우울했다. 그렇다고 회사를 때려치울 수도 없다. 이 어려운 시기에 그럴 강단은 더더욱 없다. 대신 그 가운데 내 할 일을 끼워 넣으려 시도하는 중이다. 회사 일이 그 자체로 내게 보람이 되든, 그렇지 않다면 내게 기쁨이 되는 일을 조금이라도 시작하든. 그냥 샌드위치보다는 베이컨과 치즈가 사이사이에 끼워진 샌드위치가 더 맛있듯 당장 내 인생이 샌드위치가 아닌 피자가 될 수 없다 해서 베이컨 치즈 샌드위치가 되는 시도조차 포기할 수는 없다.

처음 느낀 감정이다. 아침에 눈 뜨는 게 즐겁다. 어릴 적, 소풍 가던 날 아침이면 알람이 울리기도 전에 눈이 번쩍 떠졌다. 새 아침이 오면 못다 한 취미가 기다리기에, 즐겁다. 매일 회사에서 보내는 시간은 똑같은데. 돌아와 나를 위한 일을 이것저것 시도하며 몸은 더 지칠 텐데. 매일 허공에 반쯤 욕을 내뱉으며 겨우 침대에서 굴러 내려오던 내가 벌떡 일어나는, 변화가 놀랍다. 주말이면 하루의 절반을 일단 잠으로 채우던 내가 싱글벙글한 기분으로 일어나 이불을 정리하고 커피를 내린다. 회사생활 6년 차, 내가 드디어 미친 걸까? 아니면 내가 속해 사는 이 세상이 미친 걸까?

개똥밭에 굴러도 이승에 살아보게 해줘서 감사하다고 이름 없는 신에게 감사하는 마음을 보낸다(물론 지옥철에 갇히면 종종 그 기도를 철회한다). 회사 선배의 말처럼 회사에서 겪는 기본 퀘스트를 얼른 깨 버려야지. 그러곤 하고 싶은 일을 한아름 할 것이다. 회사 일도 그리 힘들게만 느껴지진 않는다. 부족한 나를 내치지 않고 태워 가 주는 이 버스에 때때로 고마운 마음도 든다.

억눌러왔던 다양한 욕구도 있는 대로 인정해줬다. 평범한 나도 창조적인 과업을 해내고 싶단 걸, 센스 없는 나도 나름대로 나와 주변을 요모조모 꾸며보고 싶단 걸. 넓지 않은 집이지만 집과 작업실의 역할을 병행할 수 있게 꾸려보려 한다. 편하게 생활하는 공간보다는 작업실의 역할에 조금 더 무게를 실어 주고 싶어 책상도 더 크고 튼튼한 것으로 바꾸었다. 잘 앉지 않는 소파를 치우고 허리에 좋다는 사무용 의자를 들였다. 집 곳곳을 편안하지만, 취향이 가득한 공간으로 꾸미기 시작했다. 가짓수가 많지는 않지만 화장품이 잘 정돈되어 있어 언제라도 얼굴에 아트를 펼칠 수 있는 화장대를. 사무용품을 정리해 둔 오거나이저가 딱 하나 올려져 있는 하얀 책상을. 윗 칸에는 상의 그리고 아래 칸에는 하의를 걸어 직관적으로 옷을 매치할 수 있는 행거를. 작은 홈 카페의 기능도 겸할 수 있게 언제나 커피 머신이 준비된 싱크대를. 언제나 그 자리에서 구름 같은 이불과 함께 가장 편안하게 나를 맞아줄 침대를.

방구석 아티스트가 될 준비는 끝났다. 이제 이 항해의 지휘자는 나고 수석 디자이너도 나다. 시작부터 삐걱거리지 않을 수는 없지만 부드럽게 이 모든 걸 지휘하며 살아보려 한다.

과거는 힘들고 미래는 두렵다

　'과거는 그립고 현재는 복잡하고 미래는 두렵다'라는 문구를 어디선가 읽었다. 짧은 문장 속에 극히 공감되는 부분과 그렇지 않은 부분이 공존했다. 내게 과거란 마냥 그립기만 한 주제는 못 된다. 그리움과 힘겨움이 구분할 수 없이 얽혀있다. 종종 과거의 한 지점을 건드리면 눈물이 툭 터지고 마는데, 힘들었기 때문에 그런지 그래도 그때가 그리워서 그런지 이제는 알 수 없을 지경이다. 미래에 관해서도 마찬가지다. 아직 살아보지 않은 시간은 늘 두렵지만 점차 발전한 나에 관한 자그마한 확신을 무기로, 두려움보다 기대가 가득한 삶을 꾸리고 싶다. 처음으로 미래가 약간 기대되기도 한달까. 결국은 해피엔딩에 도달할 수 있도록 한번 야무지게 살아보려 한다.

과거와 현재와 미래, 세 녀석을 모두 짊어지고 가기엔 역량이 부족하다. 그래서 우선 현재에 집중하려 한다. 몇 해 전 'YOLO'가 우리 사회를 강타했다. 단 한 번 사는 인생이니 제대로 살아보라는 개념. 나쁠 것이 없다. '한 번 사는 세상, 오늘의 행복을 내일로 미루지 말자, 우리 하고 싶은 일을 즐기며 살자'라는 본래 취지는 벅차도록 훌륭했다. 욜로가 많은 세대의 삶을 휩쓸고 지나갈 때 즈음, 그 진정한 가치에 많은 사람이 의문을 품게 되었다. 너무나 아쉽게도 우리 사회에서 욜로는 인스턴트 쾌락을 좇거나 내일을 대비하지 않으면서 현재를 전시하는 형태로 변하고 말았다.

나 역시 욜로를 내 듣기 좋은 대로 해석하고 따르기도 했음을 고백한다. 달이 차면 기울듯, 욜로는 시행착오 끝에 우리 사회에서 본래 자리를 찾아가는 중인 것 같다. 시작부터 끝까지 공평할 수 없는 인생이지만, 완벽하게 공정한 단 한 가지 사실은 모두에게 비슷한 길이의 인생이 주어진다는 점이다. 진정한 욜로는 순간의 전시가 아니라 지속 가능한 만족이라는 점, 사랑하는 가치로 내게 주어진 백 년을 채우며 살아가고 싶다.

몇 해 전 겨울, 며칠 휴가를 내 강릉에 갔다. 평일이라 바닷가와 맞닿은 숙소도 그리 비싸지 않았다. 풍덩 뛰어들 수 있는 여름의 바다는 짜릿하지만, 그렇지 않은 한겨울의 바다도 호젓한 매력이 있었다. 여름 휴가철과 달리 할 일이라곤 칼바람 부는 해변을 걷는 일뿐이었다. 때마침 해변에는 눈이 소복이 쌓였다. 걸을 때마다 발이 눈 속으로 푹푹 빠지는 모래사장을 따라 걷는 경험이란, 무척이나 강렬했다. 모래사장마저 단단히 얼어, 운동화로 그 위를 마구 뛰어다녀도 신발이 더러워지지가 않았다. 어떤 낭만적인 사람이 허리춤만 한 눈사람을 그곳에 남겨두었다. 솔방울로 왕방울만 한 눈도 박아두었다. 제 목도리까지 눈사람에게 기부하고 간 모양새가, 이 눈사람에 꽤나 진심이었던 듯하다. 다 가진 눈사람에게는 코가 없었다. 바닥에서 가장 반듯한 조개껍데기를 하나 주워 코를 만들어줬다. 얼굴 비율보다 콧방울이 다소 넓어 보이긴 했지만, 다른 도리가 없었다. 네온사인이 번쩍이는, 사람이 북적거리는 거리가 아닌 눈 덮인 해변에서 연말을 맞는 경험, 뜻밖의 풍경으로 인해 나름 가슴이 두근대기 시작했다.

낭만은 잠시, 살을 에는 바람에 못 이겨 금세 실내 공간을 찾고 말았다. 커피가 아니라 공간이 필요해 들어간 카페다. 안경에 서리는 물방울을 불어 헤치며 따뜻한 커피를 홀짝였다. 회사에서 매일 두 잔씩 들이켜대는 커피와 다를 건 하나도 없지만. 괜히 겨울 바다의 맹추위를 경험하고 홀짝이자니 그 높이가 줄어드는 게 눈에 보여 아쉬울 정도였다.

회보다 갑각류가 더 좋은 나는, 저녁에 주문진 어시장에 가서 홍게를 산더미같이 샀다. 열 마리를 샀는데, 다리 떨어진 것이라며 아주머니가 세 마리나 게를 더 담아줬다. 봉지가 찢어지지는 않을까 싶도록 무거운 게 봉지를 들고 초장집으로 향했다. 15분을 기다리니 식탁 위에 '게판'이 펼쳐졌다. 다리를 뚝뚝 부러트려 짭조름하고 통통한 살을 야무지게 발랐다. 오동통한 살이 온전히 꺼내어진 다리 살을 한입에 쭉 빨자면, 세상에 달리 부러울 것이 없는 느낌이었다. 게가 식탁 위에서 한 마리, 한 마리씩 줄어들 때마다 휴가 모래시계의 남은 모래가 가파르게 줄어드는 것 같았다.

도망친 곳에 낙원은 없다지만, 짧은 2박 3일은 분명 낙원과 닮아 있었다. 10분, 10분이 사라지는 게 아쉬웠다. 찐 게를 배부르게 먹고 편의점에서 맥주와 철사 불꽃놀이를 사서 숙소로 돌아왔다. 내일이면 이 작은 천국도 끝이라니…. 아쉬운 마음에 테라스로 나가 철사에 발린 화약에 불을 붙였다. 불놀이는 어릴 때나 지금이나 재미지다. 결코 자주 할 수가 없기에 언제나 특별하게 느껴지는 걸까. 바람이 세차게 불어 폭죽에 불이 쉽게 붙지 않았다. 손으로 가리다 안 되어 바람을 등지고서야 간신히 폭죽에 불을 붙였다. 15cm쯤 되는 철사에 발린 화약이 불꽃을 발하며 타들어 가는 시간. 너무 짧았다. 아쉬워 하나 더 불을 켰다. 까만 밤 속 손바닥만 한 공간을 매 순간 다른 모습으로 밝히는 폭죽. 그 모습을 더 살뜰히 관찰하고 싶었다. 매 순간을 사진처럼 기억에 담으려 뚫어지게 바라봤다. 다시 오지 않을 젊은 이 순간이 1초씩 타고 있다는 느낌이 들었다. 회사에서는 결코 느끼지 못했던 '1초가 아깝다'는 느낌. 어째서 현생에서 멀어져야만 그런 강렬한 아쉬움이 드는 걸까.

사실은 회사 속에서도 가장 젊은 오늘의 내 하루가 똑같이 흘러가고 있다. 현생에서는 그저 시간이 빨리 지나가 주말이 오기만을 기다렸지만. 현생이 무의미하게 느껴질 땐, 강릉 밤하늘에 내가 새긴 노란 별을 떠올려 본다. 그 순간과 이 순간의 무게는 같다는 걸, 힘겹지만 다시 한번 내게 각인시킨다. 게가 한 마리씩 사라지는 10분이 아깝던, 폭죽 1cm가 사라지는 1초가 아깝던 가장 젊은 오늘의 내가 이곳에서도 숨 쉬고 있다고.

　과거는 힘들고 현재는 복잡하고 미래는 두렵다. 세 친구를 모두 토닥이며 살아갈 역량이 내게도 있었으면 좋았으련만. 부족하다는 걸 알기에 당분간은 현재를 챙기는 데 집중하려 한다. 현재를 재미나게 꾸리다 보면 그게 또 힘들지 않은 과거가 되겠지. 살아갈 힘을 제대로 길러낸 나는 다가올 미래도 튼튼히 살아갈 수 있겠지. 결국은 해피엔딩이기를 바라기에 오늘을 야무지게 살아가는 수밖에는 다른 방법이 없다.

누나는 회사에서 무슨 일해?

"누나는 회사에서 무슨 일을 해?"

아, 이 순진무구한 초등학생에게 무슨 대답을 해 줘야 할까? 명절에 아주 간만에 만난 사촌 동생이 팍삭 늙어버린 누나가 대체 회사에서 무슨 일을 하는지 궁금한지, 이런 앙큼한 질문을 한다.

"누나는…."

"누나는 회사에서 저장해."

"저장?"

"저장이 무슨 말인지 알아?"

"아니?"

"누나는 컴퓨터랑 노트에 저장만 하다가 집에 와."

"응…."

"윤호야, 누나는 회사에서 이것저것 파는 일을 하는데, 사실 그 거보다도 가장 많이 하는 일은 저장이야. 회의 시간이면 부장 말 도 받아 적어서 노트에 저장해야 하지, 하루종일 엑셀 치면서 ctrl+s 눌러야 하지."

"야! 무슨 설명이 그래?"

옆에서 잠자코 듣던 삼촌이 애한테 제대로 설명하라며 핀잔을 준다. 우리 귀여운 윤호는 일찍이 알았으면 좋겠다. 회사원은 저 장하는 사람이라는 걸. 회의 시간에 빈손으로 들어가면 뭔가 없어 보이기 때문에 (간단한 회의일지라도) 업무 노트를 한 손에 끼고 다 른 손으로는 펜을 돌리며 들어가야 한다. 팀장이 열변을 토할 때 면 다들 뭔가를 열심히 받아 적는 것 같기는 하다. 솔직히 적을 만 큼 중요한 내용인가 싶을 때도 있지만, 남들이 다 적으니 나도 뭐 라도 끄적여 본다. 부장이 어떤 일로 인해 길길이 날뛸 때는 눈을 마주칠세라 노트에 꽃이나 별 따위를 그리며 집중하는 척한 적도 있다. 자리로 돌아와 방금 적어온 기록을 바라보니, 역시 별 내용 은 없다. 다소 종이 낭비인가 싶어 한 번은 휴대전화에 받아 적어 보려 하기도 했다. 요즘 메모 앱이 잘 나오니까. 회의 중에 휴대전 화 자판을 토독거리자니, 어쩐지 나만 회의 중에 딴짓하는 사람인 것 같아 괜히 눈치가 보였다. 구관이 명관이다. 그냥 업무 노트에 다 쓰는 편이 낫겠다는 결론에 닿았다.

회의가 끝나고 업무 시간이 되었다. 드넓은 칸이 펼쳐진 엑셀의 바다를 보니 또다시 머리가 지끈거려 온다. 며칠 전까지 내가 쓰다 덮은 내용인데도 눈에 잘 들어오지 않는다. 다시 한번 마음을 가다듬고 내용을 파악하려 시도한다. 아, 이래서 일은 시작하면 마무리를 짓고 덮어야 하는데. 흐름이 끊기면 시간이 두 배로 든다니까. 저 이름도 한번 못 들어본 외국 도시의 공장들을 내가 분류해야 한다니. 갖가지 수치에 따라 계산하고 배열해보지만, 솔직히 잘 모르겠다. 부장님 아니, 상무님이라고 이 많은 공장이 다 여기 앉아서 파악이 될까 싶다. 내년도 거래를 위해 미리 생산 안정성을 따져본다는데 수식만 이리저리 굴린다고 답 나올까 싶다만 그래도 까라면 까야지.

부족한 자료는 타부서에 전화해 간신히 얻어 내어가며, 그럭저럭 보고서를 완성해 가는데 '이런 미친' 화면에 새끼손톱만 한 청록색 동그라미가 돈다. 아, 이러면 내 머리도 돈다고.

'제발 이러지 마. 진정해. 엑셀아, 너는 할 수 있다. 너는 똑똑하잖아. 너는 작업을 중지하지 않을 수 있잖아. 제발!'

5초간 세상에서 가장 간절하게 기도했지만 엑셀이는 작업을 중단하고 싶다는 의사를 그치지 않고 내비치었다. 딸깍-하고 조심스레 '프로그램 응답 대기'를 누르며 한 번 더 기도를 했다.

'당연히 응답 대기지…. 얼마든지 기다려 줄게…. 제발 제발 꺼지지만 말아줘. 응?'

다시 한번 고민하는 듯한 동그라미가 화면에 도는데 기어코 엑셀이가 슬픈 다짐을 했다.

'저… 작업 그만할래요….'

"안 돼, 이 자식아!"

'그러게… 왜 저장을 자주자주 하지 않았어요…. 아직도 나를 몰라요…?'

엑셀이가 가냘픈 충고를 남기며 꺼졌다.

'하, 어디까지 저장했더라?'

다시 엑셀을 켜 본다. 맙소사. 이때 저장하고 저장을 안 했단 말이니? 너는 회사원 자격이 없다. 이 자료 저 자료 펼쳐두고 취합하느라, 저장하는 것조차 잊었다는 비겁한 변명을 해 본다. 같은 일 두 번 할 때가 제일 짜증이 난다. 남 탓을 할 수도 없고 저 고물 노트북 탓을 한다면 해 볼까. 폭발 직전의 마음을 다잡고 다시금 타닥타닥 키보드를 눌러 보는데 아, 오늘도 칼퇴는 물 건너간 것 같다. 엑셀의 세로줄이 한 줄씩 계산 결과로 채워질 때마다 눈물 게이지도 차오르고 있다. 영화 '인터스텔라'에서 어떻게든 저 세계로 "STAY…!"라고 전달하고 싶어 하던 주인공의 모습이 떠오른다.

"오 대리… SAVE!"

회사가 있음에

　회사, 한때는 떠올리기만 해도 가슴이 답답했다. 죄지은 것 없는 녀석을 향해 치미는 분노에, 맥주 한 캔 없이는 잠들지 못했던 밤도 많다.

　'거지 같은 회사, 여기 꼭 뜨고 만다 내가.'

　뜰 수? 없다. 그렇게 야수의 심장을 숨긴 채 토끼의 발걸음으로 매일 회사로 향하던 중 우리 회사에도 코로나19 확진자가 발생했다. 직접적인 접촉자는 아니었지만, 밀접 접촉자의 접촉자로 분류되어 10일이라는 꽤 긴 휴가를 명받게 되었다. 격리기간의 절반은 내 연가를 사용하지만 절반은 특별 휴가를 준다고 했다. 이렇게 기쁠 수가! 근 2주나 회사를 안 가도 된다고? 야호, 야호! 자가 격리? 뭐 어때, 회사에서도 늘 사회와 격리되어 있다고. 10일간 집에서 밀린 드라마도 보고, 쌓아 두기만 한 책도 좀 펼쳐보고. 얼마나 즐거울까! 내가 없어도 회사는 잘 돌아갈 거야. 어차피 팀원 대부분이 격리라 업무는 일시 정지일 테고. 만세! 만만세!

격리기간을 버틸 식량을 잔뜩 인터넷에서 배달시켰다. 배송 온 밑반찬과 과일을 보기 좋게 냉장고에 정리하니, 휑하던 냉장고가 이제 좀 사람 사는 집 같다. 사실 내 몸에는 별 이상이 없는 것 같다. 자꾸 생각하니 조금 으슬한가 싶기도 하지만, 출근하는 날 아침 밀려오던 현기증에 비할 바가 아니다. 열도 없고 아프지도 않은데, 접촉자의 접촉자라는 이유만으로 10일을 쉬게 해주다니 세상에 이런 일이!

대낮부터 맥주 한 캔을 땄다. 과일 향이 나는 황금빛 액체를 유리잔에 콸콸 따라 붓고 목이 따가울 만큼 가득 들이켰다. 책보다는 드라마가 먼저 생각 나, 리모컨을 들었다. 요즘 드라마는 참 영상미가 훌륭하다. 영화 못지않다고 생각하며 대낮부터 텔레비전을 보기 시작했다. 밥만 얼른 지어 배달시킨 반찬과 함께 점심도 먹었다. 드라마 속 주인공과 내적 대화를 나누며 밥알을 삼키자니, 팀원들과 마주하던 식사 자리보다 열 배는 부드럽게 밥이 넘어간다. 그릇을 대충 싱크대에 밀어 넣고 다시 이불을 칭칭 감은 채로 기대어 누웠다. 이 시간부터 저녁 시간까지 나는 침대와 물아일체 상태로 지낼 것이다. OTT 서비스에서 화제라던 그 드라마는 역시 흡입력이 대단했다. '다음 회 보기' 버튼을 누르지 않을 수가 없는 지점에서 한 회를 끝냈다. 연출한 PD는 정말 천재인 것 같고, 동시에 저 배우들은 얼굴 천재가 틀림없다. 하루 만에 드라마 정주행을 끝냈다. 참으로 빠르게 돌아가는 세상, 드라마도 하루 만에 끝낼 수 있는 시대다.

회사에서는 밥 먹고 양치를 하지 않으면 왠지 손해 보는 기분이 든다. '화장실도 회사에서 가라'는 사수의 가르침이 내 회사생활 전반에 영향을 미친 걸까. 집에서 칩거하는 오늘, 식사 후 이를 닦는 것도 잊은 채 뒹굴거렸다. 행복하다. 아, 매일 오늘만 같다면.

다음 날, 미리 맞춰둔 기상 알람이 울렸다.

'아, 나 자가 격리지.'

알람을 확실히 꺼 버리고 다시 이불을 뒤집어썼다. 다시 자연스레 눈이 떠질 때까지 필사적으로 잠을 잤다. 최대한 잠을 자려 했지만, 슬프게도 대단히 늦게까지 잘 수는 없었다. 몇 년 전까지만 해도 주말이면 정오를 훌쩍 넘겨 일어났었는데 그 시절보다 잠이 줄었거나, 회사형 인간으로 생체 시계가 맞춰져 버린 것이 틀림없다. 어제보다는 조금 이 생활에 적응했는지 조금 덜 신이 났지만, 그래도 기분이 좋다. 오늘 첫 끼는 빵으로 먹어야겠다. 커피를 내리고 토스터에 베이글을 굽는다. 오늘 두 끼만 먹을 생각으로 크림치즈를 아낌없이 빵에 바른다. 블랙커피 한 잔에 어니언 크림치즈 바른 베이글 한 입.

'와, 그래 이거지.'

어제는 드라마를 정주행했으니 오늘은 책을 좀 들여다봐야겠다. 고전 명작을 읽어보겠다며 사 두곤 펼쳐보지도 않은 러시아 작가의 책을 편다. 작가 이름도 어렵더니 등장인물 이름은 더 어렵다. 이때까지 등장한 인물 이름도 덜 익혔는데, 또 일곱 글자짜리 새 이름이 나온다.

'얘가 아까 걔 아냐?'

다섯 쪽 전으로 돌아가 보니, 아니었다. 얘는 쟤였다. 얘, 쟤, 걔, 아까 걔의 향연이 이어지자 두 잔째 들이켠 커피도 제힘을 쓰지 못했다. 눈 감기 전에는 책상에 앉아있었는데, 눈을 뜨니 침대에 널브러진 상태다. 다시 일곱 글자짜리 이름들을 익혀서 그 책을 좀 읽어보려 하지만, 카페인의 힘으로도 어렵던 일이 이 시간에 가능할 리가 없다. 유튜브를 켠다. 알고리즘이 기가 막히게 추천 영상을 띄운다. 실컷 낮잠을 자서 잠이 오지 않았다. 꼬리에 꼬리를 무는 영상으로 새벽까지 밤을 지새웠다. 늦게 잠든 영향인지, 셋째 날은 더 늦게 눈을 떴다. 밤새 작은 화면을 응시했더니 눈이 뻑뻑하다. 침대에서 굴러 내려와 화장실로 갔다. 사람은 적응의 동물이라더니 격리 생활에 완전히 적응한 것 같다.

'내가 매일 회사에 다니긴 했던가?'

이 생활 삼 일째 만에 말도 안 되는 생각이 든다. 남은 반찬을 꺼내어 아침 겸 점심을 먹어야겠다. 밥은 새로 하기가 귀찮아서 남은 밥을 전자레인지에 돌렸다. 끼니마다 기본 반찬을 돌려먹다 보니 질린다. 이따가 저녁엔 다른 메뉴를 시켜 먹어야겠다고 생각했다. 식후엔 당연한 순서로 커피를 내렸다. 괜히 답답한 기분도 들어 아이스 커피로.

'오늘은 뭐 하지?'

스마트폰을 들어 괜히 뉴스 란을 열어보기도 하고 유튜브 영상을 틀어보기도 했다. 짧고 자극적인 영상이라면 어제 실컷 봐서 좀 신물이 난다. 금방 유튜브 어플을 닫고 책상으로 돌아왔다. 그래도 좋다. 회사에 앉아 일하는 것보다 얼마나 행복한 시간인가. 집안을 싹 한번 청소하고 설거지도 마쳤다. 그래도 별로 시간은 흐르지 않았다. 출근한 동료들에게 카톡을 해볼까 하다가, 괜히

약 올리는 것처럼 보일까 봐 관뒀다. 사흘째 집에만 있으려니 이제는 좀 찌뿌드드한 느낌이 든다. 집에 있는 걸 좋아하는 편이지만, '집에만' 있는 걸 좋아하진 않으니까. 저녁에는 양념 반 프라이드 반으로 치킨을 시켰다. 사실 오늘 한 일이 없어서 에너지 소모도 별로 안 되었나 보다. 네 조각쯤에 치킨이 물리기 시작해서 여섯 조각을 겨우 먹고 식사를 멈췄다. 이렇게 즐거운 하루가 또 지나간다고 생각하며 조금 일찍 잠자리에 들었다.

격리 나흘 차, 어젯밤 일찍 잠들었음에도 알람 없는 아침에 완전히 적응한 몸은 11시가 다 되어서야 일으켜졌다. 어제 비슷한 시간에 하루를 시작하니 하루가 참 빨리 지나갔었다. 평소 보내던 하루의 절반쯤밖에 하루를 쓰지 못한 것 같다. 어제 먹다 남은 치킨 박스를 열어 한 조각을 뜯었다. 식어도 맛있는 치킨도 있던데 이 집은 아닌 것 같다. 오늘은 새로운 취미생활인 글쓰기를 좀 해봐야겠다고 생각은 했는데…. 느지막이 일어나 치킨 두어 조각을 뜯고 노트북 앞에 앉자니 별생각이 나지 않는다.

'무슨 내용을 쓰지?'

머릿속에 뿌연 구름이 낀 것 같다. 노트북 뚜껑을 닫고 다시 침대에 누웠다. 회사에 오가는 길, 그 속에서 지지고 볶는 시간에서 쓸거리가 불현듯 생각나는 때도 많았는데. 그저 구름처럼 평온히, 티끌 하나 없이 조용히 흘러가는 격리 생활 속에서는 떠오르는 생각도 별로 없다. 머릿속이 깔끔하다. 격리 첫날의 세상을 다 가진 듯하던 기쁨은 이제 별로 느껴지지 않는다. 이따가 또 밥을 지어 먹어야 할 것이고 그 뒤엔 화장실에 갈 것이며 남은 오후엔 이것저것 하다가 배가 고파오면 저녁을 먹겠지. 평화롭다. 평화롭긴 한데, 이 생활이 6일이나 남았다고? 그건 좀 문제가 될 것 같은데. 인터넷만 되면 방 안에서 무엇이든 할 수 있다고 생각해왔지만, 큰 오산이었다. 수시로 친구들과 카톡을 주고받고 퇴근 후 전화를 해도 해결되지 않는 답답함이 있었다. 자유롭게 밖을 나갈 수 없는 생활에서 오는 무료함은 점차 더 심각해졌다. 점점 격리된 생활에서 느껴지는 만족도가 낮아졌다. 격리 마지막 날쯤 되자 머릿속에 기어코 이런 생각이 들었다.

'차라리 회사 가고 싶다.'

회사에 맞춰 살아야 하기에 생긴, 일정한 루틴이 사라지자 생활은 엉망이 되었다. 일어나는 시간은 점점 늦어졌고 기상 시간이 부담 없으니 잠드는 시간도 점차 뒤죽박죽이 됐다. 과거보다 나은 사람이 되었기에 넘쳐나는 시간쯤은 멋지게 컨트롤할 수 있을 거라고 생각했는데 전혀 아니었다. 하루를 온전히 나를 위해 쓸 수 있다면 뭐든 해낼 수 있으리라 생각했지만, 이 역시 오산이었다. 격리된 느긋한 하루 동안 해내는 일이 9~6시 동안 근무한 뒤 돌아와 해내는 취미생활의 질만도 못했다.

'회사가 중심을 잡아주기에 내 생활이 굴러갔나?'

처음으로 겸손한, 그리고 솔직한 생각이 떠올랐다. 대단한 척하지만, 대단하지 못한 내가 그럭저럭 사회인처럼 살아갈 수 있던 바탕에는 회사생활이 있었다. 밖에서 만날 수 없는 다양하거나 대단한 사람을 그 속에서 만나고 미우나 고우나 배울 점을 찾았다. 그 속에서 수많은 자극을 받았고 일부는 영감으로 발전하기도 했다.

회사. 나를 부려먹기만 하는 악당으로 치부하며 살아왔지만, 그 악당에게서 얻는 것도 상당했음을 인정하지 않을 수가 없었다. 한 발짝 멀어지고서야 알았지만, 절대적으로 일과 사생활을 분리해야 한다고 주변에 역설해왔지만, 칼같이 분리할 수 없는 영역이었고 그럴 수 있는 능력을 지녔다면 애초에 '회사원-1'이 되지도 않았을 것 같다. 격리기간 10일을 채우고 출근하는 날 어젯밤 다시 세팅한 알람 소리에 눈을 떴다. 몇 년간 해 온 출근 루틴인데, 며칠 손 놓았다고 지하철을 놓칠 뻔했다. 먼저 온 동료들이 격리 생활이 어땠냐며 반겨준다. 미안한 마음과 고마운 마음이 교차한다. 오래간 자리를 비웠음에도 아주 약간의 먼지만 쌓였을 뿐 굳건한 책상을 보니 든든한 마음도 들었다. 회사에 처음 들어왔을 때 느꼈던 고마움이 오랜만에 살짝 와닿는 아침이었다.

퇴사할까, 그냥 다닐까

직장인의 4대 거짓말

◆ 퇴사한다.

◆ 유튜브 한다.

◆ 오늘 칼퇴할 거다.

◆ 내일부터 술 끊고 살 뺀다.

모두 코가 짧은 피노키오들이다. 아무도 성공하지 못했다. 코가 짧은 피노키오가 바글바글한 우리 사무실에는 오늘도 그나마 즐거워 보이는 피노키오와 덜 즐거운 피노키오가 어울려 살아간다. '한 번 사는 인생, 무조건 직진!'을 갈망할 때도 있었지만, 이제는 무작정 마음이 이끄는 대로만 실천하기보다 퇴로가 있는, 여러모로 꽤 괜찮은 퇴장을 원한다. 회사생활이 결코 내 인생 목표가 되지는 않을 것 같다만 그렇다고 해도 그 열차에서 무작정 뛰쳐나가기보단, 부러움의 박수가 가득한 안전한 퇴장이라면 더 좋지 않을까? 그 과정은 예상보다도 더 힘들 것이다. 회사 일과 나의 꿈 두 가지에 모두 충실해야 할 테니 말이다. 회사에 넉넉한 1인분을 해야겠고, 스스로를 위해 2인분 같은 1인분을 준비하는 시간. 분명 험한 나날이 예상된다.

시절 인연이란 말을 스치듯 봤다. 불교 용어랬다. 모든 일에는 오고 가는 시기가 있다는 뜻이라는데 사람도, 사물도, 내 인생도 '각자에게 맞는 때'가 있다는 게 골자였다. 반드시 때가 온다면 때에 다다르지 못한 오늘은 나와 환경을 탓하기보다 때를 꿈꾸며 '존버'의 자세로 기다려야겠다. 빛이 있어야 밝음이 의미 있듯 웅크림이 있어야 기지개가 더 개운하니까. 봄이 아닌데 닦달한다고 하여 곧장 꽃이 필 리가 없댔다. 겨울이 끝나고 봄기운이 나무를 데워야 자연히 꽃잎이 한 장씩 펼쳐지듯 내 인생에도 그런 타이밍이 오리라 믿는다. 이건 미신이 아니라 자연의 이치니까. 종종 나의 존재까지도 한없이 막막하게 느껴지는 날이 있다. 일도 인연도 인생도 긍정적으로 생각하려 해도 슬픈 기분만 가득 드는, 나를 둘러싼 모든 일이 하나도 잘되지 않고 도미노처럼 와르르 무너져버리는 때가 이따금씩 찾아온다. 내 앞으로는 한없는 낭떠러지만 펼쳐진 것 같다. 한 발이라도 잘못 내디디면 큰일이 날 것 같은 불

길하고 무거운 느낌이 엄습한다. 직진하여 달려오다 그 낭떠러지에 닿았다면 '시절 인연'을 마음의 방패 삼아, 걷는 방향이라도 바꾸어 보면 어떨까. 큰길이 끊기는 낭떠러지 옆으로 한 뼘만 한 다른 샛길이라도 있다면 게처럼 옆으로 살곰살곰 걷게 될지라도 우선 방향을 바꾸는 편이 낫지 않을까. 누구보다 나를 사랑하는 건 나기에, 적절한 날을 기다리며 다다른 낭떠러지 앞에서는 걷는 방향을 바꾸자. 이마저 힘들다면 그냥 벌렁 뒤로 누워버리거나.

'지금은 나의 때가 아닌 거야. 나의 가치를 잃지 않는다면 언젠가 가치가 드러날 날이 올 거야. 일도 인연도 나란 사람의 평가도.'

'겨울 한가운데에서는 내 힘으로 어찌할 수 없는 일도 있을 수 있겠구나.' 생각하며 조급한 마음을 내려놓으려 한다. 언제나 어렵다. 포기는 실로 간단하고 이성적으로 생각하기란 늘 힘드니까. 그렇지만 겨울에도 자신을 포기하지 않고 돌보는 일은 분명 각자의 몫이겠다. 이마저 외면한다면 기다림보다는 포기에 가까운 삶의 형태일지도 모르겠다. 동시에 '시절 인연'이란 말을 되새겨 보자면, '내가 바라보는 남도 지금 꽃봉오리 상태일 수 있다'는 생각도 든다. 내가 옳다고 생각하는 잣대, 살아온 길만 긍정하는 태도로 남을 평가했던 건 아닐까? 다른 사람의 '방향 전환기'를 '틀린 방향'이라 판단하고, 다른 사람의 '존버기'를 그이의 '한계'로 규정했던 건 아닐까. 모두에게는 각자의 때가 있을 테니까. '그러려니' 혹은 '조용한 응원'쯤이 동시대를 살아가는 동지에게 보일 수 있는 그럭저럭 괜찮을 반응일 것 같다. 그 사람의 잠재력을 알아봐 줄 수 있는 능력 역시 갖춘 내가 되면 가장 좋겠고. 그럴 수 없다면 최소한 쉽게 평가하는 것 따위라도 멈추자고. 번번이 망각하기에, 스스로 끝없는 되새김질을 한다.

그렇다면 나를 스쳐 가는 것들과도 마찬가지겠다. 스쳐 가는 세상의 많은 것들과 인연이라면 함께할 테고, 그렇지 않으면 자연히 멀어지겠지. 역량이 넉넉잖은 내가 복잡한 세상 가운데서 정신을 잃지 않을 정도의 마음가짐은 이 정도면 충분한 것 같다. 언제가 될지는 알 수 없는 회사로부터의 꽤 괜찮은 하차를 위하여. 어쨌든 힘겹게 올라탄 열차 안에서 의미를 찾는 일도 포기할 수는 없다. 나의 시절이 언제가 될지 그 아무도 알 수 없기에 오늘도 나는 그날을 기다리며 묵묵하지만 활기차게, 손이 미치는 세계를 실하게 꾸려 나가는 수밖에 없다.

이.또.지

　종교는 따로 없지만 결국 모든 형태의 종교란 끝없이 비틀거리는 우리 마음을 단단히 붙잡아줄 수 있는, 여러 형태의 지침이 아닌가 하는 생각이 든다. 모로코와 아랍 문화권의 나라들을 여행할 때 지겹게 듣는 단어가 있었다. '인샬라'라는 세 음절. 아랍 문화를 바탕으로 살아가는 나라라면 다양한 상황에서 이 단어가 들려왔다.

　'신의 뜻대로.'

　더 정확하게는 '그들의 신인 알라의 뜻대로'라는 뜻이라고 한다. 밤늦게 정전이 되어버린 숙소에서 화가 잔뜩 나 씩씩대며 프런트로 달려갔다.

　"아직 씻지도 않았는데, 불이 나가면 어떻게 해요! 내일 쓸 휴대 전화도 충전해둬야 한다고요."

"갑자기 동네에 전기 공사를 하고 있는데, 이번에는 우리 쪽 차례인가 보네요. 인샬라."

불을 켠 양초와 함께 인샬라라는 답변이 돌아왔다. 화가 나지 않을 수 없었다. '누구 맘대로 인샬라래? 사람이 몰릴 줄 알았으면 전기선 증설 같은 건 미리 해뒀어야지. 핑계는.' 이 호텔에 분노가 치밀었고 '만사를 신한테만 의존하니까 발전이 없는 거야.' 이 나라에 분노가 치밀었다. 단순히 '만사 책임 회피용' 쯤으로 생각했던 인샬라의 의미. 그 후 더 많은 아랍인을 만나며 생각이 바뀌었다. 신을 중심으로 살아가는 그들의 세상에서 '신의 뜻대로'는 최고의 해결 방법이었다. 신이 있다면 그 신은 자신을 사랑하는 신도를 그 이상으로 사랑할 테니까. 어떤 신이든 관계없이 말이다. 아랍인에게는 '인샬라'가, 미국인에게는 '굿럭'이, 우리에게는 '안녕하게'가 시공간을 넘어서서 상대에게 내가 빌어줄 수 있는 최고의 개인적 격려와 찬사가 아닐까.

사실 '인샬라'라는 거창한 해결책을 외치기도 가당치 않은, 희미한 사건도 일상에 많다. 이미 빽빽한 출퇴근길 지하철 속에 다시한번 인파가 합류되는 환승 정류장에서, 이미 속으로 다 결정했지만 절차적 민주주의만은 꼭 실천하고 싶은 팀장 주관 회의 속에서, 심각하게 빡치는 기분으로 달려간 탕비실에 카누가 뚝 떨어졌을 때, 배가 아파 한바탕 볼일을 보고 화장실에서 나오는데 그 앞에 같은 팀원이 서 있을 때 회사에서 인샬라까지 외치기에는 아까운, 소소한 사건을 잘 넘길 수 있는 인간적 대안을 제시한다.

따라 해 보자. 이 또 지.

무슨 뜻이냐고? 기본적으로 '이 또한 지나가리라'의 준말이다. 대단하지 않은 과거의 과오가 결국 기억도 잘 나지 않듯, 분명 이번 사건도 또한 지나가고 기억 속에서 희미해질 것이다. 현생이 나를 속상하게 할 때 조용하게 '이. 또. 지'를 외치는 방법은 분명히 도움이 된다. 사실 '이. 또. 지'는 회사에서 더욱 다양하게 활용이 가능하다.

- ◆ '이 또한 지나가리라'를 외치며 닥친 작은 시련을 담담하게 견딜 수 있게 되고
- ◆ '이 자식 또 지랄하네'를 연상하며 인간으로부터 오는 어려움을 웃음과 함께 넘길 수 있게 된다.

정말이다. 눈앞에 황당한 사건이나 인물이 등장했다면 밑져야 본전이라는 생각으로 외쳐보자. 물론 소리 내서 외치면 안 된다! 나를 본 다른 사람이 '이 새끼 왜 또 지랄이지' 생각하게 만들 순 없다. 아주 조용하게, 마음속으로만 짧고 굵은 한 마디를 뱉으며 현생의 트러블에 조용한 하이킥을 날리자.

에필로그

●

'회사'에 엄청난 환상을 품었을 때가 있었다. 취업하면 가족 같은 분위기에서 나의 능력을 인정받고 일할 것이며, 그 속에서 자연히 자아실현을 이뤄낼 줄 알았다. 그럴 수밖에 없다. 우리 세대는 아주 오랫동안 그것이 진리이며 인생의 목표인 양 교육받았으니까. 그래서 나를 비롯한 많은 ○대리들은 심각한 혼란에 빠진다. 자아실현? 성장? 같은 고매한 가치를 회사에서 찾아보려 하지만, 실로 어려운 일이다.

이런 생각도 든다. 회사는 나의 인생을 일정 부분 앗아가는 대신에 '보상금'을 주는 거라고. 사수의 말처럼 '하고 싶어 미칠 것 같은 즐거운 일은 돈을 주고 해야 하고, 하기 싫은 일이기에 돈 받고 하는 거'라고. 이처럼 대범하게 받아들이자니, 오히려 의연한 감정이 솟아오른다. 그렇지만 회사는 분명히 그 나름의 의미가 있다. 오가는 길거리에서 쉽게 만날 수 없는 다양한 능력의 사람과 소통할 수 있는 장이었다. 저마다의 특기를 바탕으로 근무하는 동료들에게는 분명히 배울 점이 있었다. 다양한 세대의 사람과 원하든 원치 않든 어울리며 나의 미래 모습을 그려보기도 했다. '저 사람처럼 되고 싶다' 혹은 '저 사람처럼은 되고 싶지 않다'라는 각오가 자연히 떠올랐다.

학문적으로만 익혔던 지식을 '적은 책임으로' 세상에 접목해볼 기회이기도 했다. 수많은 절차와 수직적 의사소통 구조가 구질구질하게 느껴지던 때도 있었지만, 내 결정에 함께하는 동료들 덕분에 모든 책임이 내게만 쏟아지지는 않아 감사한 순간도 있었다. 회사는 내 적성 혹은 능력을 '적은 리스크'로 이리저리 테스트해볼 장이라고, 긍정적으로 생각을 해 본다. 먹고사니즘은 또 어떻고. 이 세상에 태어나 '소비만 하는 존재'에서 돈 혹은 가치를 '생산해내는 존재'로의 변화. 나를 먹여 살리는 일에 소홀하지 않은 시간은 그 자체로 내게 발전을 가져다줬다. 이 역시 회사가 주는, 포기할 수 없는 선물이다. 월급날, 통장을 스치우는 월급에 점점 감사함을 잊어가지만 세상에 태어나 1인분을 벌어, 나를 먹이고 입힐 수 있는 존재가 된 것만으로도 행복한 일이라는 사실을 잊어서는 안 될 것 같다. 그러니 미우나 고우나 소중한 회사는 회사대로, 더 소중한 나는 나대로 열심히 꾸려가고 싶다. 맹목적으로 '열심히'만 사는 건 반대다. 괜찮은 방향으로 나아가고 있는지 스스로 늘 경계하며, 오늘을 알차게 살아가고자 하는 것이 요즘 오 대리의 목표다.

지금 다니는 회사가 만족스럽지 않다고 해도 마찬가지다. 우리는 출근하기 위해 사는 것이 아니니까. '더 중요한 내 인생을 위해, 직면한 삶을 외면하지 않는 것도 성숙한 성인의 자세가 아닐까'라고 들숨에 힘들다, 날숨에 때려치운다를 달고 살던 오 대리가 감히 건방진 소리를 해 본다. 동시에, 더 나은 근무환경을 위해 개인적으로 노력하는 것 역시 놓칠 수는 없고. 나의 가치는 회사 안에서만 규정지어지지 않는다. 가족, 친구, 연인, 시민, 꿈꾸는 분야의 지원자 등 세상이 미치도록 복잡해진 만큼, 내 존재를 확인받을 만한 집단이 이렇게도 다양하다. 회사 안 그리고 회사 밖에서 나의 가치를 스스로 세워가는 삶. 전통적인 가치를 바탕으로 사회가 내게 강요한 길대로만 수긍하지 않는 삶. 불특정 다수의 인정보다 스스로 흡족할 가치를 위해 노력하는 삶. 먹고사니즘을 외면하지 않으며 이상도 붙잡고 달리는 삶. 만족스러운 오늘이 모여 또 흐뭇한 과거가 되기를. 찬찬한 오늘이 모여 잘 살아갈 힘을 제대로 길러낸 나, 다가올 미래도 씩씩하게 살아가기를. 결국은 나만의 해피엔딩에 닿기를.

평범한 오 대리가 이렇게 변했듯, 독자분들께서도 현실이라는 열차에서 뛰어내리지 않으며 꿈을 좇는 인생을 꼼꼼히 꾸려나가길 소망한다. 평범하게 혹은 평균만큼 살아가는 것은 여전히 어렵지만 이상에 가까워지는 과정 역시 즐기는 우리가 된다면 더 바랄 것이 없겠다.